www.blue-panther-books.de

Lucy Palmer

Mach mich scharf!

Erotische Geschichten

www.blue-panther-books.de

BLUE PANTHER BOOKS TASCHENBUCH
BAND 2154

1. AUFLAGE: OKTOBER 2008

VOLLSTÄNDIGE TASCHENBUCHAUSGABE

ORIGINALAUSGABE

COVER: ISTOCK
UMSCHLAGGESTALTUNG: WWW.HEUBACH-MEDIA.DE
GESETZT IN DER TRAJAN PRO UND ADOBE GARAMOND PRO

PRINTED IN GERMANY
ISBN 978-3-940505-20-0

WWW.BLUE-PANTHER-BOOKS.DE

INHALT

Reine Chefsache

Samstag, zweiundzwanzig Uhr im Chez Monique, einem SM-Club in Westlake, Los Angeles:

Herausgeputzt wie eine erstklassige Edelhure stehe ich mit wackeligen Beinen in hochhakigen Stiefeln. Die verrucht schwarze Perücke juckt und unter der Latexmaske sammelt sich bereits der Schweiß. In dem abgedunkelten Raum mit den seltsamen Geräten zittern mir jetzt schon die Knie und am liebsten möchte ich mich auf der Stelle übergeben. Wie konnte ich mich nur auf das hier einlassen?

Gerade, als ich mich auf das Bett sinken lassen will, wird die Tür geöffnet und ER kommt herein: David O`Connell. Noch habe ich Gelegenheit, einfach davonzulaufen, stattdessen halte ich mich krampfhaft an der Lederpeitsche fest. Oh Gott, wie der Typ aussieht! Er ist herausgeputzt, als würde er auf ein Meeting gehen: Dunkler Anzug, weißes Hemd, Krawatte. Allein sein selbstsicheres Auftreten macht mich schon wieder ganz klein.

Meine Hände sind feucht und mein Gesicht muss in Flammen stehen. Doch zum Glück kann Mr O`Connell das nicht erkennen, dafür ist es hier drin zu dunkel und die Maske bedeckt den größten Teil meines Gesichts. Er mustert mich kurz von oben bis unten, wobei ich Lust erkenne, die in seinen Augen lodert.

Na warte, dir Mistkerl werde ich deine Geilheit schon austreiben!, mache ich mir Mut.

In einer Ecke brennt ein dreiarmiger Kerzenleuchter, der aber genug Licht spendet, um zu erkennen, wie aus diesem Mann plötzlich alle Autorität weicht. Seine Schultern sacken nach vorne und er blickt unterwürfig auf den Boden.

»Tür zu!«, gebe ich meinen ersten Befehl. Mr O`Connell gehorcht aufs Wort.

Sehr schön, das hat ja schon mal ganz gut geklappt!

Wie ein begossener Pudel steht er mit dem Rücken zu mir.

»Umdrehen!«

Wieder tut er was ich sage. Ich versuche, meine Stimme eine Oktave tiefer zu halten, doch als er mir durch die Sehschlitze der Maske direkt in die Augen blickt, zucke ich kurz zusammen und meine Stimme versagt mir beinahe. Ich hoffe, dass er mich nicht erkennt!

»Sieh mich nicht an!«, zische ich, und sofort senkt er den Blick. Dafür starrt er jetzt auf meine Spalte, die sich durch das enge Material überdeutlich abzeichnet.

Auch bei ihm zeichnet sich etwas ab. Zwischen meinen Schenkeln beginnt es zu kribbeln. Was Mr O`Connell wohl für ein Kaliber hat? Gleich werde ich es wissen. Ich wollte ihn schon immer einmal nackt sehen, und würde meiner Freundin nicht dieser Club gehören, könnte ich noch ewig darauf warten.

»Zieh dich aus! Ganz!«

Zuerst löst er seine Krawatte, dann streift er sich die Jacke von den Schultern. Er legt alles auf das Fußende des großen Bettes. Es folgt sein Hemd, das er mit zitternden Fingern aufknöpft. Ein interessanter Körper kommt zum Vorschein, der mir das Wasser zwischen den Beinen zusammenlaufen lässt.

Mein Herz schlägt bis zum Hals. Ich hatte ja keine Ahnung, dass dieser Sklaventreiber so erregend gut gebaut ist: groß, schlank, sportlich. Genau mein Typ. Aber leider unerlaubter Weidegrund, schießt es mir ins Hirn, worauf ich beinahe geseufzt hätte.

Augenblicklich versteife ich mich und mache ein paar Schritte auf ihn zu, bis ich dicht vor ihm stehe. Himmel, wie dieser Kerl riecht! Sein Aftershave hat mich bereits in der Kanzlei in den Wahnsinn getrieben, doch hier mischt es sich mit einem Duft von ihm als Mann. Ja, Mr O`Connell ist ein richtiger Mann!

Als er aus der Hose steigt und sie zu den anderen Sachen legt, starre ich auf sein riesiges Glied, das schon fest absteht.

Ich atme tief durch und lasse die Peitsche über seinen knackigen Hintern gleiten. Während ich um ihn herumgehe und ihn begutachte wie ausgestellte Ware auf einer Auktion, blickt er unentwegt auf den Boden. Oder aber, er sieht in meinen Ausschnitt, das möchte ich jetzt nicht überprüfen, denn Mr O`Connell ist einen guten Kopf größer als ich. Und das, obwohl ich Absätze wie Bleistifte habe. Neue Bleistifte. Ich kann kaum gehen in den Dingern!

Ich hatte keine Vorstellung davon, dass dieser Job so anstrengend sein würde, doch langsam werde ich warm. Dort, wo die Peitsche seine Haut berührt, stellen sich alle Härchen auf. Ich liebe Männer mit Haaren an den Unterarmen. Sexy. Einfach männlich. Zärtlich streiche ich mit der Peitsche an ihnen auf und ab. Seine Arme hängen schlapp an den Seiten herab, doch immer, wenn ich Mr O`Connell berühre, spannen sie sich kurz an.

Auch auf seiner Brust sprießen vereinzelt Haare, doch am allermeisten erregt mich die feine dunkle Spur, die von seinem

Bauchnabel hinunter zu seinem Schwanz führt.

Das Leder gleitet an dem festen Fleisch hinab und streift seine Erektion. Sofort zuckt sie unter der Berührung. Ein Lusttropfen bahnt sich seinen Weg durch das kleine Loch in der glänzenden Spitze. Wie gerne würde ich ihn jetzt auflecken. Er würde leicht salzig schmecken, genau wie Davids … Mr O`Connells Haut.

Dieser Mann beherrscht mich sogar noch, wenn er total unterwürfig vor mir steht – obwohl er bis jetzt noch kein Wort gesprochen hat! Braver Sklave. Ob er es bemerkt, dass ich keiner dieser Profis bin? Ich habe doch keine Ahnung, was so eine Domina überhaupt macht, weshalb ich mir zuvor schon Mut antrinken musste. Wie oft war *er* wohl schon bei solchen Frauen?

Dieser Gedanke treibt mir einen gemeinen Stich durch den Magen. Er ist nicht dein Liebhaber, flüstert eine innere Stimme. Es kann dir also egal sein!

Doch das ist es nicht.

Ich höre seine beschleunigte Atmung. Er ist erregt. Sehr erregt. Sein flacher Bauch bewegt sich schnell.

»Setz dich da hin!« Mit der Peitsche deute ich auf einen massiven Stuhl, der an der Wand steht. Gepolsterte Armlehnen. Das sieht doch bequem und gemütlich aus, denke ich mir, denn lange kann ich in diesen Tretern nicht mehr stehen. Geheiligt sei der Erfinder meiner Sneaker, die jetzt bei Trish im Büro stehen und auf meine Rückkehr warten. Doch sie müssen sich noch gedulden, denn Mr O`Connell muss ausreichend bestraft werden. Endlich kann ich meinen ganzen Frust an ihm ablassen!

Christine machen Sie dies … Christine, machen Sie das … Christine, geben Sie mir den Ordner von … Christine, holen Sie mir einen Kaffee … Christine, das hab ich schon mal schneller gesehen! Diese Worte hallen mir plötzlich klar und deutlich durch den Kopf. Ich höre sie jeden Tag. Kein »Bitte«, kein »Danke«. Die liebe Christine springt trotzdem. Aber nicht heute! Dieser Abend gehört alleine mir! Diese Herausforderung ist Trishs Geburtstagsgeschenk an mich, das allerdings nur zustande kam, weil ich schon zwei Gläser zu viel hatte.

Als er sitzt, drücke ich ihm die Schenkel auseinander, bis seine Waden die Stuhlbeine berühren. »Klick« links, »Klick« rechts, und schon sind die Beine in gepolsterten Schellen gefangen. Eigentlich hätte er welche mit Dornen dran verdient.

»Arme über den Kopf!« Wieder klickt es zwei Mal und der Diktator ist gefesselt.

Als Letztes schnüre ich den Gürtel, der am Stuhl in Kopfhöhe angebracht ist, um seinen Hals. Fest, aber nicht zu fest, dass er mir vielleicht noch erstickt. Das würde noch fehlen, wenn ich den Leithammel umbringe!

Jetzt kann er sich kaum noch bewegen. Nackt und ausgeliefert präsentiert er sich meinen hungrigen Augen. Wieder muss ich diesen leckeren Körper bewundern. Wann findet der Mann eigentlich die Zeit, seinen Body zu trainieren?

Vielleicht hat er ja keine Freundin?, hoffe ich. In der Kanzlei hat er noch nie einen persönlichen Anruf bekommen.

Ich streiche mit der Peitsche an den Innenseiten der muskulösen Oberschenkel entlang. Mr O`Connell zuckt und mit ihm sein Penis. Weitere Lusttropfen glitzern an der dunkelroten Spitze. Himmel, er wird mich fristlos entlassen, wenn er erfährt, dass ich es bin, die ihm den Hintern versohlt! Aber für den Fall der Fälle hat mir Trish schon eine Stelle in ihrem Etablissement angeboten. Als ob mich das aufbaut! Ich habe bereits genug Probleme mit meinem ersten Freier!

Dennoch kann ich nicht anders und greife nach seinem Schaft. Mein Opfer stöhnt verhalten auf und sieht genau zu, wie ich an ihm reibe. Er fühlt sich heiß an, samtig und glatt. Nur an seiner Wurzel piekst es ein wenig, dort, wo er sich rasiert hat. Meine Scham beginnt zu pochen. Ob ich es wagen kann? Nackt ist er zudem viel wehrloser als im Anzug. Hier jagt er mir keine Angst ein. Soll ich …?

Plötzlich fühle ich seine Augen auf mir. Heiß, brennend. Erschrocken weiche ich einen Schritt zurück und starre ihm direkt in die stahlgraue Iris. Derselbe eindringliche Blick wie manchmal in der Kanzlei. Fuck! Bloß nichts anmerken lassen!

Ich greife nach einem dunklen Tuch und binde es ihm vor die Augen. Er atmet schneller. Feine Schweißperlen glänzen auf seiner Brust und auf der Oberlippe.

»War da jemand ein ungezogener Junge?«, flüstere ich in sein Ohr. Mr O`Connell nickt bloß.

»Muss ich den ungezogenen Jungen bestrafen?« Wieder nickt er, so weit es der Gurt um seinen Hals zulässt.

»Was? Ich habe dich nicht verstanden!« Meine Peitsche saust auf den Oberschenkel und verfehlt seine Erektion nur knapp.

Er stöhnt auf. »Ja!« Seine Stimme klingt heiser vor Verlangen.

»So ist es brav!« Langsam macht mir die Sache Spaß. Jetzt, wo er gefesselt vor mir sitzt und nichts mehr sieht, kann ich mich vollkommen auf meine Rolle konzentrieren und den ganzen angestauten Frust ablassen.

Lautlos schlüpfe ich aus dem engen Höschen, das schon ganz feucht von meinem Saft ist, und steige zu ihm auf den Stuhl. Meine Beine zittern rechts und links auf den Armlehnen – verdammte Absätze! – und ich muss mich dabei an den Ringen festhalten, die von der Decke hängen. Dann gehe ich in die Hocke. Meine Spalte öffnet sich schmatzend vor seinem Gesicht.

Mein Sklave öffnet den Mund. Ich spürte den warmen, abgehackten Atem auf meiner empfindlichen Stelle. Er kann meinen weiblichen Duft riechen, da bin ich mir sicher. Mit der Zunge benetzt Mr O`Connell seine Lippen. Er besitzt schmale, sinnliche Männerlippen, die mir Montagmorgen schon wieder die ersten Befehle diktieren werden, doch hier befiehlt er nicht! Hier gebe *ich* den Ton an!

Da presse ich ihm meine feuchte Scham ins Gesicht. »Leck mich!«

Als er meinen Kitzler mit der Zunge berührt, durchzucken Stromstöße meinen Körper. Er leckt über mein heißes Fleisch, saugt an der Klit und gleitet in mein Inneres. Sein heißer Atem stößt keuchend an meine geschwollenen Schamlippen.

Oh Gott, wie soll ich diesem Mann je wieder in die Augen sehen?! Doch diese Gedanken driften immer mehr ab. Mr O`Connell beherrscht seinen Job! Schon spüre ich die ersten Kontraktionen in meinem Unterleib, ich möchte aber nicht, dass es so schnell vorbei ist.

»Stopp!«, befehle ich ihm abgelenkt und er gehorcht sofort.

Die gepolsterte Sitzfläche ist breit genug, sodass ich mich bequem daraufknien kann. Dabei streift mein nacktes Delta seinen Schwanz. Mein Freier zieht scharf die Luft ein, doch genau in diesem Moment hebe ich eine Brust aus der Korsage und drücke ihm den harten Nippel in den Mund. Seine Zunge leckt gehorsam und er saugt genau so, wie ich es gerne habe. Ich wusste nicht, dass Mr O`Connell mit den Lippen außer Anweisungen auch Freuden spenden kann.

Wahre Sinnesfreuden!

Einer meiner Finger fährt in meine Spalte, mit der anderen Hand halte ich mich an seinem Nacken fest. Dort schwitzt er leicht. Im Büro gerät er nie ins Schwitzen.

Meine Mundwinkel umspielt ein maliziöses Lächeln, als ich den feuchten Finger aus mir herausziehe und ihn in den Mund meines Untergebenen stecke. »Ja, leck ihn schön sauber. Braver Junge!« Hier diktierst du nicht!

Mr O`Connell saugt, als hätte ich ein Lebenselixier an den Fingern. Ja, das Elixier meiner Lust. Wieder tauche ich den Finger ein, verteile meinen Saft auf den Brüsten und mein braver Chef leckt auch diese sauber.

»Das hast du gut gemacht!«, lobe ich ihn. »Dafür gibt es jetzt eine kleine Belohnung!« Und ohne Vorwarnung führe ich mir seine Härte ein. Sofort füllt er mich voll und ganz aus.

Mein Opfer schreit auf und legt den Kopf zurück. Ich hebe und senke meine Hüften. Erst langsam, dann immer schneller. Meine Klit reibt an seinem gestutzten Schamhaar, unsere Oberschenkel klatschen aufeinander.

Verdammt, ich schlafe mit meinem Chef!

Geil! Berauschend!

Ich bewundere den ausgeprägten Kehlkopf auf dem bartschattigen Hals und merke, dass David kurz vor dem Höhepunkt steht. Er atmet so schnell, dass ich befürchte, er hyperventiliert. »Wehe du kommst!«, flüstere ich erregt. Ich will ihn noch länger leiden lassen. »Wehe du kommst, bevor ich komme!«

»Ich kann nicht«, antwortet er heiser. »Bitte!«

»NEIN!«

»Bitte!« Und wie er so unter mir winselt und fleht, überrollt eine gewaltige Welle meinen Körper. Ich schreie den fantastischen Orgasmus aus mir heraus, während mir das Blut in den Ohren rauscht und feine Silberpunkte vor meinen Augen tanzen.

David lässt ebenfalls Schreie los. Laut, animalisch. Seine Oberarme spannen sich an, worauf die ausgeprägten Muskeln deutlich hervortreten. Mein Chef ist ein Raubtier und ich seine Dompteuse.

***

Montagmorgen, Rechtsanwaltskanzlei O`Connell & Partner, Southeast, Los Angeles:

»Guten Morgen, Christine!«, kommt David O`Connell gut gelaunt ins Büro.

Ich habe mich hinter meinem Computer verschanzt, ganz graues Mäuschen, wie immer. »Guten ...«, ich räuspere mich kurz, »guten Morgen, Mr O`Connell.«

Ich höre, wie er die Tür schließt und sein Sakko an den Haken daneben hängt. »Haben Sie Ihren Geburtstag gut überstanden?«

»Bestens«, antworte ich knapp, ohne den Blick vom Monitor zu nehmen. Nie hat mich der blinkende Cursor mehr fasziniert.

Mr O`Connell durchmisst mit drei großen Schritten den Raum und bleibt direkt vor meinem Tisch stehen.

»Mr Fine hat angerufen«, versuche ich gleich in die Normalität überzuwechseln. »Sein Mandant wünscht ...«

»Christine!«, unterbricht er mich.

Ich blicke erschrocken zu ihm auf. Diese stahlgrauen Augen taxieren mich länger als gewöhnlich und mein verräterisches Herz schlägt Purzelbäume. Mr O`Connell balanciert ein buntes Päckchen vor meiner Nase, das er auf meine Unterlage stellt. »Noch mal alles Gute nachträglich.«

Er beugt sich über den Tisch, greift nach meiner Hand,

die auf der Tastatur zittert, und drückt mir einen Kuss auf die Wange. Ich keuche überrascht auf. »Danke, Mr O`Connell, aber das wäre wirklich nicht nötig gewesen.«

Ein Geschenk von meinem Chef? Dass er überhaupt an meinen Geburtstag gedacht hat, wundert mich.

Er ist mir so nah – ich rieche sein Aftershave und es kribbelt in meinem Bauch.

»David«, sagt er, ohne meine Hand loszulassen. »Sie dürfen mich ab heute ›David‹ nennen. Ich finde, nach fünf Jahren vertrauensvoller Zusammenarbeit ist das drin.«

Er lächelt mich verwegen an und die Grübchen in seinen Wangen lassen mein Herz bis zum Hals schlagen. Dann wendet er sich interessiert meiner Hand zu. »Ein schöner Ring, den Sie da tragen, Christine. So einen habe ich erst ein Mal gesehen.«

»Unmöglich«, grinse ich schief und wünsche mir, er würde mich wieder loslassen. »Der hier ist eine Einzelanfertigung.«

»So?« Endlich lässt er von mir ab und marschiert zu seinem Schreibtisch, um die Akten durchzusehen, die ich schon für ihn bereitgelegt habe.

Ich atme tief durch.

Beinahe hüpfe ich vom Stuhl, als er »Na machen Sie schon auf!« zu mir herüberruft, ohne den Blick von seinen Papieren abzuwenden.

Mit zitternden Fingern löse ich die Schleife.

Christine, er hat keine Ahnung, also beruhige dich wieder, sonst hätte er dich schon längst gefeuert!, versuche ich mir einzureden. Er ist heute nur so anders, weil er den Fick seines Lebens hatte!

Ich muss schmunzeln. Wenn der wüsste!

Doch als ich den Deckel abhebe und hineinblicke, bleibt

mir beinahe das Herz stehen. Aus den Tiefen der Verpackung lacht mich eine schwarze Lederpeitsche an.

Ich schlucke schwer und blicke zu David, der ganz in seine Arbeit versunken scheint. Tränen steigen in meine Augen. Verdammt, er hat es gewusst!

Langsam erhebe ich mich und schleiche auf die Tür zu. Es ist mir klar, dass die Peitsche einer Kündigung gleichkommt. Deswegen ist er so gut gelaunt. Endlich ist er mich los!

»Wenn Sie sich einen Kaffee holen«, ruft er mir nach, »dann bringen Sie mir bitte auch einen mit.«

»Einen Kaffee?«, hauche ich, ohne mich umzudrehen.

»Ja, sie wissen schon«, meint er. »Braunes Pulver mit kochendem Wasser übergossen.« Ich fühle, wie er grinst.

»Okay, Chef.«

Als ich gerade den Raum verlassen möchte, ruft er mir hinterher: »Würden Sie demnächst Ihr Geschenk einmal mit mir ausprobieren wollen?«

»Der Gentleman«
Die Internet-Story

Mit dem Gutschein-Code

LP1TB2008

erhalten Sie auf

www.blue-panther-books.de

diese exklusive Zusatzgeschichte als PDF.
Registrieren Sie sich einfach!

Führe mich nicht in Versuchung!

»Der Grauhaarige von Tisch drei möchte eine Bloody Mary«, hauchte eine samtige Stimme in Rianas Ohr, was ihrem Körper ein angenehmes Prickeln einbrachte. Sie blickte zu Duncan O`Sullivan auf, der mit geschmeidigen Bewegungen an ihr vorbeiglitt, um einer Frau am Tresen einen Whiskey einzuschenken.

Argwöhnisch beobachtete Riana ihren Arbeitgeber, weil er mit der Dame zu flirten begann, und mixte geistesabwesend den Cocktail. Duncan war der Besitzer des »Temptation« und nicht ihr Freund, dennoch würde sie der Brünetten am liebsten das Gesicht zerkratzen und ihrem Chef einen Pflock ins Herz rammen – Eiche, ungespitzt! Denn Riana kannte das dunkle Geheimnis des großen und äußerst attraktiven Iren, was sie irgendwie mit ihm zusammenschweißte. Da sie bereits ein ganzes Jahr für ihn arbeitete, war es nicht zu verhindern, dass sie früher oder später davon erfahren hatte. Die zahlreichen bewusstlosen Frauen und Männer hatten sie stutzig gemacht. Seine Opfer konnten sich nie an etwas erinnern. Sie glaubten, einfach zu viel Alkohol in sich gekippt zu haben.

O`Sullivan konnte sich glücklich schätzen, jemanden wie Riana gefunden zu haben, die sich die ganze Nacht in eine verrauchte Bar stellte und bediente. Aber sie war schon immer ein Nachtmensch gewesen und es machte ihr nichts aus, wenn sie die Sonne nur an ihrem arbeitsfreien Tag zu Gesicht bekam. Und dass sie ihn nicht an die Behörden verpfiff, zählte wohl als weiterer Pluspunkt.

Während Riana das dunkelrote Getränk mit zwei Spritzern Worcester Sauce würzte und eine Zitronenscheibe an den Glasrand steckte, griff Duncan von hinten um sie herum und nahm ihr den Drink aus der Hand. Seine Lippen kitzelten sie, als er: »Für mich bitte eine Bloody Riana«, in ihr Ohr brummte. Einen kurzen Moment lang berührten sich ihre Finger, und ein Sehnen erfasste sie, das wohlige Schauer über ihren Körper trieb.

»Wer ungeduldig ist, wartet immer länger, O`Sullivan.« Rianas Stimme zitterte leicht. Himmel, was war heute nur los mit ihr? Sie versuchte, dem brennenden Blick seiner dunklen Augen auszuweichen, doch sie konnte spüren, worauf er starrte. Ihr Hals prickelte ob der Vorahnung.

»Ich habe Hunger.« Er lachte leise – ein geheimnisvolles, sinnliches Schnurren – und schob sich so dicht an ihr vorbei, dass sie die Hitze seines Körpers in ihrem Rücken spüren und seinen verlockenden Duft riechen konnte. »Außerdem sollst du mich Duncan nennen!«

Aus den Augenwinkeln beobachtete sie, wie er dem alten Mann das Glas hinstellte. *Siehst du die Dunkelhaarige?*, empfing sie plötzlich seine Stimme in ihrem Kopf, während er zur Frau am Tresen nickte. *Die würde mich sofort bedienen!*

Riana hasste es, wenn Duncan in ihren Kopf eindrang. Aber er hatte ihr versichert, ihre Gedanken nicht lesen zu können. Sonst hätte er auch sehr schnell herausgefunden, was sich noch alles in ihrem Gehirn befand. »Höhlenmensch!«, rief sie schnippisch zu ihm hinüber.

Duncan!, sendete er zurück und grinste unverschämt, wobei eine Reihe ebenmäßiger Zähne zum Vorschein kam. Die feine Narbe, die sich durch ein Grübchen zog, machte ihn nur noch interessanter.

Warum muss dieser Mann so unbeschreiblich sexy sein?, dachte sie seufzend und wandte sich wieder ihrer Arbeit zu. Als Riana herausgefunden hatte, wer, oder was, ihr Arbeitgeber wirklich war, hatte sich ihr eine völlig neue Einnahmequelle eröffnet. Als Bedienung wollte O`Sullivan ihr nicht viel bezahlen, da kam ihr die Erpressung gerade recht. Sie drohte, ihn zu verraten – er, sie zu beißen. Nachdem sie zu einer Übereinkunft kamen, stellte sich die gegenseitige Erpressung für beide als Vorteil heraus: Einmal im Monat blieb Riana nach Schließung der Bar bei ihm. Im Keller befand sich seine Wohnung, wo er sich an ihr nährte und dafür gut bezahlte. Er erregte weniger Aufsehen, weil er andere Menschen in Ruhe ließ, und Riana war um einige Pfund reicher, die sie näher an ihr Ziel brachten. Doch in Wahrheit würde sie ohne O`Sullivans Hilfe niemals die Ziellinie erreichen.

***

Als das heiße Wasser auf ihren Körper prasselte, überlegte Riana, warum sie sich O`Sullivan so leichtsinnig hingab. Ganz allein in seiner Wohnung, konnte er sie ohne Weiteres töten. Doch sie vertraute ihm und hoffte, sich nicht in ihm zu täuschen. Es bestand kein Zweifel, dass diese Wesen eine erotische Anziehungskraft besaßen und Frauen sich deshalb unwiderstehlich zu ihnen hingezogen fühlten. Riana musste zugeben, dass dieser Mann mit seiner weichen Stimme, den nachtschwarzen Augen und dem verführerischen Körper sehr anziehend auf sie wirkte. Wie oft hatte sie sich schon ausgemalt, dass er sie zu einer von seiner Art machte, dann hätte sich ihr Problem von selbst erledigt und sie bräuchte das viele Geld nicht mehr. Doch sie traute sich nicht, ihn danach zu fragen. Auf ewig wären sie beide dann miteinander verbunden. Das käme ja einer Hochzeit gleich! Und was wollte O`Sullivan schon von so einer unscheinbaren Frau wie sie eine war?!

Riana drehte das Wasser ab und stand im warmen Dunst der Duschkabine, als plötzlich die Tür aufgerissen wurde und Duncan ihr ungestüm ein Handtuch in die Arme drückte.

»Du verdammter Blutsauger!«, kreischte sie erschrocken auf. »Was zur Hölle denkst du dir eigentlich?!« Schnell wickelte sie sich das große Tuch um den tropfenden Körper, während ihr Chef an ihrem Handgelenk zerrte. Erst, als sie aus der Dusche stolperte und er sie auffing, bemerkte Riana, dass er nackt war. Die Wut kochte in ihr hoch!

Prüfend ließ er seine Augen über ihren Körper wandern. »Was brauchst du so lange? Ich sterbe vor Hunger!«

»Jetzt übertreibst du aber! Du bist bereits tot, schon vergessen?« Riana stupste mehrmals einen Finger gegen seine Brust, von der sie einfach nicht den Blick abwenden konnte. Kräftige Muskelstränge wölbten sich unter den dunklen Nippeln, die sich bei ihrer Berührung sofort versteiften. »Und außerdem warst *du* es, der gemeint hat, ich solle vorher duschen!«

»Du würdest doch auch nicht aus einem Aschenbecher essen wollen ...« Überheblich lächelnd zwängte er sich an ihr vorbei, wobei sie für einen kurzen Moment in den Genuss seiner herrlichen Rückansicht kam. Dann schloss er die Tür der Dusche. Nur schade, dass diese mit Wasserdampf angefüllt war, denn sie hätte zu gerne mehr gesehen. Doch der Anblick seiner knackigen Pobacken hatte sich unauslöschlich in ihrem Geist verewigt.

Nachdem Riana sich einen seidenen Morgenmantel umgebunden hatte, aß sie die belegten Brote, die Sullivan ihr hingestellt hatte, und spülte alles mit einem Glas Orangensaft herunter, denn solch ein Wesen zu versorgen, war in etwa so wie Blutspenden, nur prickelnder. Beides sollte man niemals mit leerem Magen tun!

Obwohl Duncan es eben noch so eilig hatte, ließ er sich dafür jetzt verdammt viel Zeit. Müde kuschelte Riana sich in die Kissen, in denen überall sein wilder und verlockender Geruch hing. Sollte er sie ruhig beißen, wenn sie schlief, dann würde sie das kalte Brennen nicht ertragen müssen, das seine Bisse mit sich brachten. Aber dann verpasste sie auch das erregende Kribbeln, das sich vom Hals abwärts bis in das Zentrum ihrer Weiblichkeit ausbreitete und ihren Körper in Flammen setzte.

Sie wusste, dass er sich gleich über sie beugen und seine Haare ihren Nacken kitzeln würden, bevor er die warmen Lippen gegen ihren Hals presste. Seine Zunge würde die richtige Stelle erspüren, um dann die rasiermesserscharfen Zähne in ihrer Haut zu versenken. Danach würde sie, so wie immer, einschlafen und erst gegen Mittag erwachen. Duncan läge neben ihr wie ein Toter, doch wunderschön und verführerisch anzusehen. Sie würde ihm einen Kuss auf den Mund hauchen und nach Hause gehen. Doch sie wollte, nein konnte, nicht gehen. Dieser Mann war ihre einzige Rettung!

Das Bild seines nackten Hinterteils im Kopf, döste sie langsam mit einem seligen Ausdruck auf den Lippen ein.

¤ ¤ ¤

Duncan ging unruhig im Bad auf und ab, wobei er sich immer wieder das feuchte Haar aus dem Gesicht strich. Er rang nun schon so lange mit sich. Wie konnte er Riana dazu bringen, mit ihm zu schlafen? Würde sie es ebenfalls für Geld tun? Er brauchte es so dringend, wie er es in den letzten hundert Jahren nicht gebraucht hatte. Zu lange hatte er schon bei keiner Frau mehr gelegen – bei keiner untoten Frau. Die Lebenden verfielen ihm reihenweise, doch das war nicht das, was er wollte. Er sehnte sich so verzweifelt nach einer Gefährtin, dass sich sein dunkles Herz schmerzhaft verkrampfte. Duncan glaubte, der letzte seiner Art zu sein, denn seit Jahren war ihm kein Vampir mehr begegnet. Die Jäger machten ihre Arbeit gut. Mit Riana als seiner Gefährtin wäre er nie wieder alleine. Er mochte sie und konnte sie sich gut an seiner Seite vorstellen. Sie ergänzten sich auf so viele Arten, was er jedes Mal feststellte, wenn sie an der Bar zusammenarbeiteten.

Es wäre ein Leichtes sie zu beißen und so lange an dem entzückenden Hals zu saugen, bis auch der letzte Tropfen Leben aus ihrem Körper geflossen wäre. Dann würde er ihr sein aufgeritztes Handgelenk an die Lippen drücken und sie sein infiziertes Blut trinken, bis sie genau wäre wie er.

Nein – das konnte er ihr nicht antun! Er durfte sie dieser Gefahr niemals aussetzen, dafür respektierte er sie zu sehr. Duncan fuhr sich fahrig durch die nassen Haare. Ein Vampir mit Gewissen – wie armselig! Vielleicht linderte es das quälende Sehnen in seiner Brust, wenn er mit ihr schlafen und sie bis zur Besinnungslosigkeit lieben würde.

Wie sie auf ihn reagierte, hatte er schon oft bemerkt, vor allem, als sie vorhin seinen nackten Körper erblickt hatte. Duncan war sich sicher: Wenn er ein Mensch wäre, hätte sie ihn auf der Stelle vernascht. Sie zögerte bestimmt nur, weil sie sich vor einem seelenlosen Wesen wie ihm ekelte. Der Gedanke schmerzte ihn. Wie konnte er sie nur dazu bringen, ihn zu lieben, oder fürs Erste wenigstens mit ihm zu schlafen? Er war ein Vampir, der geborene Verführer, verdammt, warum benahm er sich bei dieser Frau nur so unprofessionell?

***

Nachdem Duncan tief durchgeatmet hatte, betrat er sein Schlafzimmer. Riana lag zusammengerollt im Bett und schlief friedlich. »Verflixt«, murmelte er. Jetzt musste er sich noch länger gedulden.

Lautlos glitt er neben sie auf die Laken. Es war das erste Mal, dass er nackt zu ihr kam. Er hatte sie mit den Reizen seines athletischen Körpers und lasziven Worten verführen wollen, doch das Vorhaben konnte er bei einer schlafenden Person vergessen. Aber wenigstens mit ihrem Blut wollte er es sich gut gehen lassen; mit Rianas köstlichem, süßem Blut, das so fein schmeckte wie ein lieblicher Wein, und dennoch einen dunklen Nachgeschmack besaß. Das gefiel ihm. Begierig leckte er sich die Lippen und strich ihr das lange Haar zur Seite, um den Hals freizulegen. Sanft pochte die Ader unter der Oberfläche der hellen Haut. Duncan erschauderte, als er seinen Körper an den ihren presste. Sie war so heiß und in ihr pulsierte das Leben. Sein Hunger war unstillbar groß und er brauchte dringend ... »Riana.«

»Duncan«, murmelte sie an sein Ohr und öffnete müde die Lider. »Warum bist du nackt?«

Mit einer gekonnten Bewegung streifte er ihr den Stoff von der Schulter und entblößte eine kleine runde Brust. »Weil ich endlich wissen möchte, ob du mir gegenüber tatsächlich so standhaft bist, wie du immer vorgibst.«

»Das einzig Standhafte punktiert gerade meinen Oberschenkel!«, schimpfte sie, plötzlich hellwach, und stieß ihn von sich herunter. »Wie oft hast du meine Wehrlosigkeit schon ausgenutzt, du Schmarotzer?!«

Dieses Wort verletzte Duncan mehr als sie ahnen konnte. Plötzlich fühlte er sich schlecht und wertlos. Er war nun mal ein

Vampir und brauchte Blut wie die Menschen das Essen, doch er hatte sich noch nie etwas anderes von ihr genommen.

»Was machst du mit mir, wenn ich wie eine Ohnmächtige schlafe?«, giftete sie und wich dabei immer weiter vor ihm zurück. Doch ihre Augen blickten fiebrig auf seinen nackten Körper. Riana unternahm auch keinen Versuch, ihre Brust zu bedecken. Sie lugte hervor, als wollte sie sagen: ›Komm, Duncan, nimm mich. Ich gehöre dir.‹

Sein Penis zuckte und das Ziehen in den Lenden wurde unerträglich. Wie gerne würde er an diesem milchigen Busen lecken und an dem dunklen Nippel saugen. Verlegen wickelte er sich ein Laken um die Hüfte, doch der dünne Stoff konnte die mächtige Erektion kaum verbergen. »Ich schmecke dich auf meinen Lippen, wenn ich erwache«, flüsterte er rau. »Tu nicht so unschuldig!« Geschmeidig wie eine Raubkatze sprang er auf sie zu und drückte sie gegen die Wand. Sein verletzter Stolz machte ihn wütend und unbeherrscht. »Wieso lässt du mich von dir trinken, Riana? Ist es nur wegen des Geldes?« Er ließ seine Zunge über ihr Schlüsselbein gleiten, worauf sie unter ihm erzitterte. »Wie viel muss ich dir zahlen, damit du mir auch deinen Körper gibst?«

Entsetzen machte sich auf ihrem Gesicht breit und ihre grauen Augen schleuderten ihm giftige Pfeile entgegen, die sich tief in sein untotes Herz bohrten. »Hältst du mich für eine Hure?«

»Was muss ich tun, um mit dir zu schlafen?« Seine Stimme klang heiser. Mit kreisenden Bewegungen presste er sich an ihre Mitte. »Du weißt, ich könnte dich ohne Weiteres nehmen. Du hättest keine Chance gegen mich. Doch du hast dich bis jetzt immer an unseren Deal gehalten, also will ich fair sein.« Er riss sich das Tuch von den Hüften und ihr den Bademantel ganz von den Schultern. Lasziv rieb er den harten Schaft auf ihrem Venushügel, während er Rianas Arme wieder gegen die Wand drückte. Seine Zunge fuhr die Spur der Adern an ihrem Hals nach.

Rianas Körper zitterte. »Fair nennst du das?«

Mit den Füßen spreizte er ihre Beine weit und hielt sie damit auseinander. »Wie viel Pfund für dein Blut und *das* hier?« Verlangend teilte er mit seiner Härte ihr heißes Fleisch und ließ sie durch ihre Spalte gleiten. Er reizte die Klitoris mit der Spitze, auf der sich bereits seine Sehnsucht zeigte, doch sie glänzte nicht nur von Duncans eigener Lust.

Riana keuchte auf. »Behalte dein verdammtes Geld, O`Sullivan. Ich will mehr als das!«

»Und was soll das sein?« Sein Verlangen nach diesem heißblütigen Wesen war größer als sein Durst.

»Du kannst anscheinend wirklich nicht meine Gedanken lesen, sonst wüsstest du es längst!«

Nein, er konnte ihre Gedanken nicht lesen, aber er sah die dunkle Sehnsucht in ihren Augen, worauf er wusste, was sie brauchte.

Ohne Vorwarnung glitt er tief in ihr feuchtes Inneres, wobei Riana laut stöhnte und ihm ein animalisches Knurren entkam. Seine Lust war so groß, dass er gemeinsam mit Riana die Wand hinaufrutschte. Gerade noch rechtzeitig stemmte er einen Arm gegen die Zimmerdecke.

»Du sollst mich nicht aufspießen, O`Sullivan!«, schrie Riana und klammerte sich an seinem Hals fest, während sie an der Wand klebten. »Ich dachte, ihr Vampire seid gegen das Pfählen!«

Er lachte rau und griff nach ihren Oberschenkeln, um sie sich um die Hüfte zu legen. »Jetzt zeige ich dir, was wir Vampire unter Liebemachen verstehen, Schätzchen!« Sie war so heiß, eng und unwahrscheinlich feucht, dass Duncan allen Willen aufbringen musste, um sich nicht auf der Stelle in sie zu verströmen. »Danach wirst du nie wieder etwas anderes wollen!«

¤ ¤ ¤

»Sind alle Vampire so von sich überzeugt?«, keuchte Riana, die zugeben musste, dass seine festen Stöße, die sie voll und ganz ausfüllten, sie beinahe um den Verstand brachten. Wenn sie das doch immer haben könnte! Sie spürte schon die ersten Kontraktionen ihres Unterleibs, als er plötzlich in seinen Bewegungen innehielt.

»Ich kann sie nicht mehr fragen.« Er klang kalt. »Anscheinend bin ich der letzte meiner Art.«

Riana kannte den Ausdruck in seinen Augen. Immer, wenn sie in den Spiegel blickte, sah sie ihn bei sich selbst. Darin lagen Einsamkeit, Verzweiflung und die Sehnsucht nach Liebe verborgen ... und Leben!

»Duncan ...« Zärtlich umfasste sie seine Wangen und starrte ihn atemlos, aber ernst, an. »Das wusste ich nicht. Es tut mir leid.«

Riana fest umschlungen, stieß er sich mit gesenktem Blick von der Wand ab. Er schwebte mit ihr in das Bett, wo er sie sanft unter sich ablegte. Vor Überraschung keuchte sie auf. »Ich wusste nicht, dass du fliegen kannst!«

»Es gibt viel, was du nicht von mir weißt.« Seine Haare fielen ihm wirr ins Gesicht, während er sie starrköpfig ansah und versuchte, seine Verletzbarkeit zu vertuschen. Es machte ihn für Riana nur noch attraktiver.

»Dein Mitleid brauche ich nicht!«, schnaubte er und blickte sie tief mit seinen dunklen Augen an. Quälend langsam begann er, sich in ihr zu bewegen, die Arme links und rechts in die Matratze gestützt.

Rianas Hand fuhr ihm durch das weiche Haar und dann weiter an seinem Rücken hinab, um die festen Pobacken zu drücken.

»Sondern was, Duncan?«, hauchte sie, kaum fähig, die Worte deutlich auszusprechen, so erregend waren die behutsamen Bewegungen seiner Hüften.

Sie kannte die Antwort bereits, bevor er ihr seine Gedanken sendete: *Dich, Riana!*

Duncans warmer Atem streifte ihren Hals. Seine Zunge folgte der Spur der Adern, worauf sie wusste, was nun geschah. Ebenso quälend langsam wie seine Stöße, versenkte er die scharfen Zähne in ihrer Haut. Ein lang gezogenes Stöhnen entkam seiner Kehle, das ihre Leidenschaft noch mehr schürte.

Er will mich!, dachte sie mit wild klopfendem Herzen. *Bitte, führe es heute zu Ende!*

Sein Speichel betäubte den brennenden Schmerz – doch diesmal spürte sie ihn kaum. Ihre gesamten Empfindungen konzentrierten sich auf ihre Mitte. Duncans harter Schaft und seine ausgeprägte Eichel reizten einen Punkt in ihr, von dem sie bis jetzt nur gehört hatte.

Gefällt dir das, meine süße Riana?, schickte er ihr seine Gedanken.

Sie stöhnte auf. »Ja ... oh ja!« Was er da mit ihr anstellte, war berauschend. Eine Hand besitzergreifend auf eine Brust gedrückt, wanderte er mit der anderen zu ihrem Kitzler, der bereits heftig pochte.

Duncan saugte an ihrem Hals, massierte ihre Brust und rieb über ihr geschwollenes Kleinod, während er immer wieder aufs Neue in sie stieß.

»Duncan, trink von mir. Nimm dir alles!«

»Führe mich nicht in Versuchung!«, knurrte er.

Plötzlich packte er sie, drehte sich mit ihr um und schwebte an die Zimmerdecke, wo er sie fest gegen die Wandvertäfelung drückte. Das Gesetz der Schwerkraft bewirkte, dass sie noch mehr auf seinen Körper gepresst wurde und er sich tief in ihr versenkte. Die Beine weit gespreizt und die Finger in seine Schultern gekrallt, schrie sie ihren überwältigenden Orgasmus aus sich heraus, bevor sich Duncan nur Sekunden später in sie ergoss. Mehrmals pumpte er seinen Samen in sie hinein und rief im Geiste immer wieder Rianas Namen, während ihr süßes Blut seine Kehle hinabrann.

***

Schwer atmend brachte er sie ins Bett zurück, wo er sie sanft ablegte und zudeckte. Eng aneinandergeschmiegt beseitigte er die Spuren seines Mahls mit der Zunge, wobei sein Speichel dafür sorgte, dass sich die Wunde an ihrem Hals schloss, als wäre sie nie da gewesen.

Während Riana langsam eindöste, strich er ihr zärtlich das schweißnasse Haar aus der Stirn.

»Ich muss dir etwas gestehen, Duncan«, murmelte sie an seine Brust.

»Was denn?«

»Ich werde sterben.«

Seine Mundwinkel hoben sich leicht. »Nein, Riana. Du hast noch genug Blut in dir.«

»Du verstehst mich nicht.« Schwerfällig öffnete sie die Augen, die in Tränen schwammen. »Ich habe einen bösartigen Gehirntumor. Nur eine sehr teure und komplizierte Operation könnte mich retten, doch der Erfolg dieses Eingriffs liegt bei unter fünf Prozent.«

»Was?« Sofort war der glückliche Augenblick zerstört.

»Da ist noch etwas.« Sie atmete tief durch. »Ich arbeite für die Behörden. Wenn ich dich verrate, bezahlen sie mir eine hohe Prämie, mit der ich mich sofort in einer Spezialklinik im Ausland operieren lassen könnte.«

Konnte es noch schlimmer kommen? Er hatte ihr so sehr vertraut, dass er nicht wusste, was schrecklicher war: dass sie eine Jägerin war oder dass sie bald sterben würde.

»Wieso hast du mich nicht verraten?« Seine Stimme klang kalt, doch er schaffte es nicht, ihren Körper loszulassen.

Sie sah ihm fest in die Augen. »Weil ... weil du der Einzige bist, der mich retten kann, du begriffsstutziger Blutsauger.«

»Riana ...« Duncan schloss die Lider und schüttelte den Kopf. »Ich kann das nicht tun.«

Eine einzelne Träne kullerte über ihre Wange. Ihre Stimme klang erstickt, als sie sagte: »Ich weiß, ich kann das nicht von dir verlangen. Wir wären für immer aneinander gebunden.«

»Nein. Das ist es nicht.« Er richtete sich auf und kehrte ihr den Rücken zu. »Ich kann dir das nicht antun«, murmelte er. »Du ... du würdest in ständiger Angst leben, von den Behörden gefasst zu werden. Du arbeitest für sie und weißt, was sie mit dir tun könnten ...« Seufzend stieß er die Luft aus. »Es wäre dir nie wieder möglich, die Sonne zu sehen. Dieser ewige Durst auf Blut, der dein ...«

Riana legte die Arme von hinten um ihn. Sofort schwieg er. »Ich glaube, du liebst mich, Duncan O`Sullivan!«, sagte sie mit einem Lächeln in der Stimme.

»Pah! Ich und verliebt? Das wäre so unwahrscheinlich wie die Zurückverwandlung in einen Menschen.«

»Beiß mich, Duncan, BITTE!« Sie setzte sich auf seinen Schoß, wobei sie lasziv die Hüften kreisen ließ. Erfreut bemerkte sie, wie er darauf reagierte. Vielleicht konnte sie ihn ja dazu bringen, wenn sie ihn seiner Sinne beraubte. »Saug den kurzen Rest meines Lebens aus mir heraus. Ich habe solche Angst an der Krankheit zu sterben! Wenn du mich nicht als deine Gefährtin willst, dann töte mich. BITTE! Der Tod durch dich wäre ein schöner Tod, süß und ohne Qualen.« Erschöpft und zitternd sackte sie gegen seinen Hals. Ihre Tränen konnte sie dabei nicht mehr zurückhalten. »Bitte, Duncan.«

Würdest du eines Tages meine Gefühle erwidern?, hörte sie seine Stimme ganz schwach in ihrem Kopf.

Sie blickte ihn überrascht an. Er sah weg, doch sie hatte noch den Schmerz in seinen Augen gesehen, dass es ihr in der Brust wehtat. »Duncan, mein Herz gehört dir doch längst!«

Erst da guckte er sie an. Überraschung und Freude spiegelten sich in seinem Gesicht.

»Bitte, Duncan. Trink von mir ...«, flüsterte sie.

Mit einem liebevollen Lächeln drückte er sie langsam ins Kissen. Sein Mund senkte sich auf ihren Hals und ihren Körper durchzuckte ein tiefer, süßer Schmerz ...

In dieser Nacht ging sie nicht nach Hause.

Der Eindringling

Schon den ganzen Tag hatte Aidan von seinem Versteck aus das kleine Haus beobachtet. Es lag idyllisch am Waldrand. Außer der blondhaarigen Frau und ihrer kleinen Tochter schien niemand darin zu wohnen. Aidan wartete noch eine Weile, er wollte keine böse Überraschung erleben, falls plötzlich ihr Mann auftauchte.

Aidan zog sich den Fetzen seines Hemdes fester um den Oberschenkel und steckte die Pistole in den Hosenbund.

»Verflucht!«, stieß er durch zusammengebissene Zähne. Er hatte zwar nur einen Streifschuss abbekommen, dennoch hörte die Wunde nicht auf zu bluten. Er brauchte dringend Verbandszeug – und etwas zu essen, er starb vor Hunger.

Seit drei Tagen befand er sich auf der Flucht vor der Bundespolizei, und vor Müdigkeit fielen ihm beinahe die Augen zu. Nur das Knurren seines Magens hielt ihn wach.

Eine Stunde später kroch er hinter einem durchgerosteten Austin hervor, um sich im Schutz der Dunkelheit dem einstöckigen Holzhaus zu nähern. Das Geräusch eines eingeschalteten Fernsehers durchdrang die dünnen Wände, und als er einen vorsichtigen Blick über den Fenstersims in den Raum wagte, sah er sein Gesicht auf der flimmernden Mattscheibe.

»Verdammt, Bruce, wo hast du mich da nur reingezogen?«, murmelte er wütend.

Immer wieder lugte er durch das Fenster. Ein feuerroter Schopf hüpfte durch das kleine Wohnzimmer, der Mutter in den Schoß.

»Gute Nacht, Ruby. Schlaf gut und träum was Schönes«, hörte er ihre Stimme, als sie dem Mädchen einen Kuss auf die Nase gab.

»Nacht, Mama!« Der sommersprossige Wirbelwind verschwand genauso schnell, wie er gekommen war.

Die blondhaarige Frau schaltete das Fernsehgerät aus, und Aidan folgte ihr um das Haus herum. Ein Licht flackerte auf – es war das Badezimmer.

Aidan hatte nicht vor, ihr beim Ausziehen zuzusehen, trotzdem stand er wie gelähmt vor dem Fenster und bewunderte ihre Nippel, die sich versteiften, als sie sich das Shirt über den Kopf zog. Sie trug keinen BH, wahrscheinlich weil es zu dieser Jahreszeit in Colorado brütend heiß war. Aidan selbst klebte die schmutzige Jeans am Leib und die dunklen Haare in seinem Gesicht. Zu gerne würde er sich jetzt auch unter die Dusche stellen, doch als die Frau das Wasser andrehte, machte er sich auf den Weg zur Terrassentür. Er hatte andere Bedürfnisse, die zuerst gestillt werden mussten. Dennoch gingen ihm ihre Formen nicht mehr aus dem Kopf: Ihre Brüste waren nicht mehr so straff, wie in ihrer Jugend, und ihr Bauch war ebenfalls weicher geworden. *Sie hat ein Kind bekommen*, ging es ihm durch den Kopf, *aber Sarah ist noch genauso hübsch wie früher.* Am erregendsten war die Stelle zwischen ihren Beinen gewesen, wo sie sich das blonde Haar bis auf einen schmalen Streifen abrasiert hatte.

Ach, Sarah, du warst schon immer so unbedarft, schalt er seine Jugendliebe in Gedanken, als er den Türknauf drehte. Es war nicht abgesperrt. Sie vermutete anscheinend, dass sich niemand in diesen entlegenen Winkel der Welt verirren würde. Was für ein Zufall, ausgerechnet er war dieser Niemand. Es hatte ihn beinahe wie einen Schock getroffen, als er erkannt hatte, wer in diesem Haus wohnte.

Humpelnd trat Aidan in den düsteren Wohnraum, wo er kurz innehielt und angestrengt lauschte. Als er das Rauschen des Wassers vernahm, machte er sich auf den Weg in die Küche. Dort brannte eine kleine Lampe, die ein schwaches Licht verbreitete. Aidan versuchte, auf den knarrenden Bodenbrettern möglichst keinen Laut zu machen, doch das erwies sich als ziemlich schwer. Dieses Haus war eine Bruchbude! Allerdings hatte Sarah es sehr gemütlich eingerichtet. Die naturbelassenen Möbel wirkten sehr einladend, auf dem Tisch stand eine Vase mit bunten Wiesenblumen und an den Wänden hingen selbstgemalte Landschaftsbilder, die, wie er wusste, von Sarah waren. Schon früher war sie ein Zeichentalent gewesen.

Aidan konnte es immer noch kaum glauben, dass es ausgerechnet Sarahs Haus war, in das er einbrechen musste. Doch sie würde nichts davon mitbekommen. Er hatte vor, ebenso schnell zu verschwinden, wie er gekommen war. Als er jedoch hinter sich Schritte vernahm, griff er nach seiner Waffe.

¤ ¤ ¤

Sarah stieg aus der Dusche, rubbelte sich hastig mit einem Frotteetuch trocken und zog ein dünnes Nachthemd über. Während sie zur Treppe schlich, um ihre Tochter nicht zu wecken, hielt sie inne. Von nebenan erklang eine ihr sehr bekannte Stimme. Ruby!

Sarah hatte geglaubt, ihre Kleine würde längst schlafen. Wahrscheinlich wollte sie sich noch eine Gute-Nacht-Milch holen, dachte Sarah und hatte gerade vor, die Küche zu betreten, als sie plötzlich eine dunkle Männerstimme hörte. Wie angewurzelt blieb sie stehen. Heißkalte Schauder liefen Sarah über den Rücken, und ihr einziger Gedanke war: *Oh Gott, er hat uns gefunden!*

Es kostete sie unglaublich viel Überwindung, sich aus der Erstarrung zu lösen, nach oben zu schleichen und aus ihrem Nachtschränkchen die Waffe zu holen, die sie sich zugelegt hatte, seit sie vor ihrem brutalen Exmann auf der Flucht war.

»Wieso darf ich meiner Mama nicht sagen, dass du hier bist?« Ihre Tochter plauderte munter in einem fort, während Sarah so leise wie möglich wieder nach unten schlich. Sarah wusste genau, welche der Bretter quietschten, weshalb sie vorsichtig über sie hinwegstieg.

Auf der letzten Stufe blieb sie stehen und lugte um die Ecke in die Küche. Sie konnte den Mann nur von hinten sehen, und obwohl er saß, erkannte sie gleich, dass er sehr groß war. Wieso trug der Kerl kein Hemd? Seine breiten Schultern und die muskulösen Oberarme ließen ihn bedrohlich erscheinen.

»Deine Mama ist doch gerade unter der Dusche«, beantwortete der Eindringling Rubys Frage, wobei er sich durch das rabenschwarze Haar fuhr, »da möchte sie bestimmt nicht gestört werden.«

Sarah ging es durch Mark und Bein. Woher wusste er das?! Ihre Hände zitterten so stark, dass die Pistole beinahe aus ihren Fingern geglitten wäre.

Ruby, geh weg von ihm!, flehte sie ihre Tochter in Gedanken an, doch die Kleine schien ganz fasziniert von dem Mann zu sein. Wenn sie doch wenigstens einmal in Sarahs Richtung blicken würde, damit sie Ruby zu sich winken konnte!

»Hast du vielleicht noch ein Glas Orangensaft für mich?«, flüsterte der Einbrecher.

Sarah ließ ihre Tochter nicht aus den Augen.

»Magst du Eiswürfel rein? Ich hab welche, die sehen aus wie Herzchen.« Ruby schien stolz darauf zu sein, die Hausfrau spielen zu können.

»Keine Herzchen«, brummte die große Gestalt und stützte seinen Kopf mit einer Hand ab.

Sarahs eigenes Herz setzte beim Anblick des Colts, der im Bund seiner Jeans steckte, einen Schlag aus. Als Ruby zum Kühlschrank ging, um den Saft zu holen, zögerte Sarah keine Sekunde. Mit drei schnellen Schritten durchquerte sie den Raum, drückte den Lauf ihrer Pistole in das pechschwarze Haar des Mannes und zog ihm die eigene Waffe aus der Hose. »Ruby, geh sofort auf dein Zimmer!«

Das Mädchen wirbelte herum und sah ihre Mutter mit weit aufgerissenen Augen an. »Aber, Mama!«

»Kein aber! Geh!«, schrie sie beinahe.

Der Einbrecher saß reglos am Tisch, sagte jedoch: »Hör auf deine Mutter, Ruby.« Und tatsächlich schlurfte sie mit hängenden Schultern aus der Küche.

Sarahs Puls klopfte hart in ihren Ohren. Wie gebannt starrte sie auf den Teller, auf dem sie die Reste ihres Abendessens erkannte. Die große Männerhand hielt einen Hähnchenschenkel. Auch sie zitterte, aber nicht so stark wie ihre eigene. Er legte das Fleisch zurück und wischte sich die langen Finger an einer Serviette ab.

Langsam umrundete Sarah den Tisch, um Abstand zwischen sich und dem Mann zu bringen. Als er den Kopf hob und sie ansah, erkannte sie ihn sofort. Sein Bild ging seit Tagen durch die Presse!

Seine Brauen waren schwarz und schön geschwungen, die Haut sonnengebräunt, sein Gesicht ebenmäßig geformt – einfach faszinierend. Die eisblauen Augen taxierten sie abwartend.

»Hey, Sarah«, sagte er, und seine tiefe Stimme schickte Schauer durch ihren Körper.

»Aidan!« Sie hatte ihn seit der Schulzeit nicht mehr gesehen, und obwohl Bartstoppeln sein Gesicht bedeckten, hätte sie ihn überall wiedererkannt. *Wie könnte ich ihn auch vergessen?!* Er war der erste Mann, der sie geküsst hatte. Außerdem besaß kein anderer auf der Welt so durchdringende Augen.

»Was tust du hier? Das FBI sucht dich!« Die letzten Tage hatten ihre Gedanken nur ihm gegolten. Atemlos hatte sie im Fernsehen mitverfolgt, wie ihr ehemaliger Mitschüler und ein anderer Mann, den sie nicht kannte, vom FBI wegen Mordes gesucht wurden.

»Ich habe niemanden erschossen, es war Bruce, mein Kollege!«, legte er sofort los. Abermals ließ seine Stimme ihr Inneres vibrieren. »Und es war reiner Zufall, dass ich hier gelandet bin. Einen ganzen Tag lang irrte ich durch den Wald und plötzlich habe ich dieses Haus gesehen und ... dich.«

»Wenn du unschuldig bist, hast du doch nichts zu befürchten.« Immer noch hielt sie die Waffe auf den Mann gerichtet, der in ihrer Jugend ihre erste Liebe gewesen war. Doch nach der Highschool hatten sich ihre Wege getrennt und Sarah hatte Hank, ihren zukünftigen Ehemann, kennengelernt, was sich als der größte Fehler ihres Lebens herausstellte. Er war ein Trinker und brutaler Schläger, weshalb sie vor drei Jahren die Scheidung beantragt hatte. Seitdem lebte sie mit ihrer fünfjährigen Tochter Ruby in dieser Abgeschiedenheit, damit Hank sie nicht finden konnte.

Und jetzt saß auf einmal Aidan in ihrer Küche. Aidan, der vom FBI für einen gefährlichen Mörder gehalten wurde! Was, wenn er wirklich jemanden umgebracht hatte? Anscheinend zog Sarah die gewalttätigen Kerle an. Sie hatte sämtliches Vertrauen in die Männer verloren. Auch Aidan schien kein bisschen besser zu sein als ihr Ex. Aber es mussten ja nicht alle Männer wie Hank sein, sagte sie sich.

Langsam erhob sich Aidan, die Hände über dem Kopf. »Ich gehe jetzt wieder, Sarah. Ich brauchte nur etwas zu essen.«

Als er den Stuhl zurückschob, sah sie die Flecken auf seiner Jeans. »Ist das *dein* Blut?«

»Nur ein Streifschuss«, sagte er tonlos.

Aidan taumelte. Er griff nach der Tischplatte und riss beinahe das Geschirr herunter, als er in sich zusammensackte und auf den Boden fiel.

¤ ¤ ¤

Durst ..., dachte Aidan. »Dur...«, brachte er krächzend hervor.

Er fühlte, wie sein Kopf angehoben wurde und ihm jemand ein kühles Glas an die Lippen hielt. »Hier, Aidan, trink.«

Das Wasser floss seine trockene Kehle herab und durchströmte ihn mit Leben. Als er wieder in das weiche Kissen zurücksank, blinzelte er vorsichtig und blickte direkt in Sarahs wunderschöne goldbraune Augen. *Sarah* ... Er erinnerte sich, wie verliebt er als junger Mann in sie gewesen war.

Erst glaubte er an einen Traum, doch dann fiel ihm alles schlagartig wieder ein: die Schießerei im Supermarkt, sein Kollege Bruce, der in der Mittagspause, als sie sich etwas zu essen kaufen wollten, Amok gelaufen war. Aidans Versuch, ihn aufzuhalten, die Schüsse der Cops auf Aidan und sein Weglaufen ... Dann Sarahs Haus ... Sarahs Tochter ...

»Ruby ...«, sagte er laut.

»Mittwochs ist Ruby immer in der Spielgruppe und anschließend besucht sie ihre Freundin.« Sarah strich ihm eine Strähne aus der Stirn.

»Heute ist Mittwoch?! Wie lange ...«

»Du hast fast zwei Tage geschlafen«, unterbrach sie Aidan.

»Oh Gott!« Er musste sofort hier weg! Er wollte Sarah auf keinen Fall in etwas hineinziehen. Als er sich im Bett aufsetzte, verschwamm ihre Gestalt vor seinen Augen.

»Du hast anscheinend sehr viel Blut verloren. Du musst viel trinken, Aidan.« Abermals legte sie ihm das Glas an die Lippen, doch diesmal konnte er es selbst halten.

»Du hast nicht die Cops gerufen?«, fragte er.

Sie schenkte ihm ein kurzes, aber intensives Lächeln, das sein Herz schon als Junge zum Schmelzen gebracht hatte.

»Nein, obwohl ich kurz davor war, es zu tun. Doch dann habe ich mich an früher erinnert. Der Aidan, den ich kannte, ist kein Mörder.«

Wärme durchflutete ihn wie ein wohltuender Balsam.

»Außerdem haben sie diesen Bruce heute Morgen geschnappt«, fuhr sie fort. »Er hat gestanden.«

»Aber?« Er konnte es an ihrem Gesichtsausdruck erkennen, dass er noch nicht aus der Sache raus war.

»Sie suchen immer noch nach dir. Du hast dich anscheinend sehr verdächtig verhalten.«

Aidan ließ ein tiefes Seufzen hören. »Ich hatte einfach nur Angst. Die wollten mich umlegen, obwohl ich doch dazwischengegangen bin. Als ich meinem Kollegen die Pistole aus der Hand riss, haben die Cops wohl gedacht, ich hätte den Kassierer erschossen.«

Sarah setzte sich zu ihm auf das Bett und sah ihn ernst an. »Dann ist es Bruce` Waffe, die ich dir abgenommen habe?«

Aidan nickte.

Sie nahm seine Hand und drückte sie leicht. Es war ein unbeschreiblich schönes Gefühl, und abermals spürte er dieses Ziehen hinter seinem Brustbein. Bei Sarah hatte er sich schon immer wohlgefühlt. Irgendwie aufgehoben. Aidan konnte nicht verstehen, warum ihre Beziehung damals auseinandergegangen war. Es musste wohl daran gelegen haben, dass sie beide noch sehr jung gewesen waren.

»Du musst den Cops sagen, wie es sich tatsächlich zugetragen hat.«

»Ich weiß.« *Später.* Er wollte Sarah noch nicht verlassen.

Sie zog ihre Hand zurück. »Wie geht es dir?«

»Ganz gut.« Er fühlte sich nur ein wenig müde, aber ansonsten schien es ihm wirklich besser zu gehen. Auch die Verletzung pulsierte nicht mehr im Takt seines Herzens. Doch ein anderes Körperteil pulsierte beinahe schmerzhaft. *Verdammt, ich habe eine gewaltige Latte! Und meine Blase ist so voll, dass sie gleich platzt! Aber ich kann in diesem Zustand unmöglich aufstehen,* dachte er.

»Wie hast du mich hier rauf gebracht?« Ein Blick aus dem Fenster zeigte ihm, dass er sich im oberen Teil des Hauses befinden musste. Er sah die Baumwipfel und darüber den tiefblauen Himmel.

»Tja, ich weiß auch nicht genau, wie wir beide das gemeistert haben. Du warst zwischenzeitlich bei Bewusstsein und hast es gerade noch bis in mein Bett geschafft.«

Ihr Bett ... Er konnte Sarahs Geruch wahrnehmen, der überall in den Laken hing. Wie Rosen. Doch Aidan wusste, dass sie kein Parfum benutzte. Es war der ihm vertraute Duft. *Ich darf jetzt nicht daran denken, sonst geht mein Ständer nie weg!*

»Ich hoffe, du hast nichts dagegen, dass ich dir die schmutzige Hose ausgezogen habe, aber ich wollte deine Wunde reinigen.« Schon wieder dieses Sarah-Lächeln. Sie hatte *ihn* also gesehen! Das Pochen in seinem Schwanz wurde immer penetranter, bis er bemerkte, dass er noch seine Shorts trug, die verdammt eng waren. Aidan verzog sein Gesicht.

Als könnte sie seine Gedanken lesen, fragte sie: »Soll ich dir auf die Toilette helfen?«

»Ich glaube, ich schaff das alleine. Vielen Dank.« Er schwang die Füße aus dem Bett und kehrte ihr somit den Rücken zu. »Darf ich mal duschen?«, fragte Aidan, wobei er Sarah über die Schulter hinweg ansah.

»Natürlich. Falls du was brauchst, ruf einfach.«

»Mm ...«, brummte er und dachte: *Was ich jetzt brauche, ist eine enge, glitschige ... Faust, um meinen Druck loszuwerden.* Aidan wäre fast die Treppen hinuntergefallen, so sehr beeilte er sich, unter die Dusche zu kommen.

Sarah sah noch genauso scharf aus wie damals. Aidan rief sich ihre Kurven in Erinnerung, die er vor zwei Nächten durch das Badezimmerfenster betrachtet hatte, und drehte das Wasser an. Ihr entzückender rasierter Spalt wollte ihm nicht mehr aus dem Kopf gehen. Er sah sich tief darin eintauchen, während seine Finger in schnellen Bewegungen seine geäderte Länge auf und ab glitten.

Ihr kurzes Kleid war so dünn, dass ihre aufgestellten Nippel deutlich durch den Stoff zu erkennen gewesen waren. Sarah hatte so verführerisch neben ihm auf dem Bett gesessen, dass ihm davon noch ganz schwindlig war. Ihre schlanken Beine und die weiblichen Hüften tauchten vor seinem geistigen Auge auf, ebenso ihr langes, honigblondes Haar, woraufhin er noch schneller an seinem Ständer rieb. Sie hatte etwas an sich, das seine ureigensten Instinkte weckte.

Sein praller Schaft zuckte in der Hand, und sein Samen schoss in pulsierenden Schüben an die Wand der Duschkabine.

¤ ¤ ¤

Sarah hatte gerade das Bett frisch bezogen, als Aidan wieder nach oben kam. Er stand im Türrahmen, nur ein Handtuch um die schmalen Hüften geschlungen, und fuhr sich durch das feuchte, zerzauste Haar. »Äh, ich habe nichts zum Anziehen.«

Sarah musste bei seinem Anblick schmunzeln, denn er kam ihr wie ein großer Junge vor. *Doch er ist ein Mann!*, dachte sie. *Gütiger Himmel, er sieht noch besser aus als früher.* Ein paar Tropfen glitzerten in seinem dunklen Brusthaar und liefen über den flachen Bauch nach unten.

»Gestern war ich in der Stadt und habe dir etwas gekauft. Hoffentlich passen die Sachen.« Sie deutete auf einen Kleiderstapel, der auf einem Stuhl lag. »Lass mich erst nach deiner Wunde sehen, sie muss neu verbunden werden.«

»Ich danke dir.« Mit einem leisen Seufzer ließ sich Aidan wieder ins Bett fallen.

Sie schob das feuchte Handtuch ein Stück nach oben, denn das Projektil hatte die Innenseite seines Oberschenkels aufgerissen. Nur ein klein wenig höher ... Aidans Hoden lugten unter dem Stoff hervor, doch Sarah glaubte nicht, dass ihm das bewusst war. Er hatte die Augen geschlossen und schien wieder eingeschlafen zu sein.

Als sie sein Bein anwinkelte, betrachtete sie die bereits verkrustete Wunde und legte den Mullverband an. Jetzt konnte sie sogar noch mehr sehen! Sein Penis lag dick und fleischig auf seinem Schamhaar, darunter seine Hoden, die groß und schwer zwischen den geöffneten Schenkeln hingen. Wie gerne hätte sie ihn dort berührt. Ihr letzter Sex lag schon so lange zurück ...

Aidans körpereigener, männlicher Duft stieg von dieser Stelle auf und brachte Sarah auf die verrücktesten Gedanken. Ein Pulsieren machte sich zwischen ihren Schamlippen bemerkbar, weshalb sie ihre Beine übereinanderschlug, um durch den Druck das angenehme Gefühl noch zu verstärken. *Es ist das erste Mal, dass ich ihn ganz nackt sehe. Damals haben wir uns nur geküsst und gestreichelt.* Unwillkürlich beschleunigte sich ihre Atmung. Ob sich sein Mund immer noch so weich anfühlte?

Nachdem sie die Wunde versorgt hatte, konnte sie nicht umhin, mit den Fingerspitzen die zarte Haut auf den Innenseiten seiner Oberschenkel zu berühren. Als von Aidan keine Reaktion kam, wurde sie wagemutiger und legte ihre ganze Hand auf sein leicht behaartes Bein. Sarah befand sich nur noch wenige Millimeter von seinen Hoden entfernt.

»Aidan? Schläfst du?«, flüsterte sie. So nervös war sie schon lange nicht mehr! Ihr war, als würde ein Kolibri in ihrem Herzen umherflattern.

¤ ¤ ¤

Aidan rührte sich nicht, obwohl er hellwach war. Zum Glück hatte er sich eben noch erleichtert, sonst wäre sein Schwanz Sarah sofort entgegengeschnellt, dachte er, wobei ihm aus jeder Pore der Schweiß ausbrach. Er fühlte Sarahs Finger nahe an seinem Geschlecht, doch als sie die Hand plötzlich wegzog, hätte er beinahe protestiert.

»Aidan ...« Er vernahm ihre Stimme, ganz dicht bei seinem Ohr, und ihre Hand legte sich diesmal auf seine Brust. Die Finger spielten an seinen Nippeln und er konnte fühlen, wie sie sich zusammenzogen.

Sarahs Kopf kam tiefer, ihr Atem streifte seine Wange. Ganz sanft legte sie ihre Lippen auf die seinen. Seine Hand schoss nach oben und er zog sie fest an seinen Mund.

Mit einem leisen Aufschrei landete sie auf seiner Brust. Ihr Busen presste sich weich gegen seinen Oberkörper, und Aidan konnte nicht anders, als den Reißverschluss des Kleides bis hinunter zu ihren entzückenden Pobacken zu ziehen, während er sie unablässig küsste. »Sarah …«, murmelte er in ihren heißen, süßen Mund, mit dem sie ihm beinahe sein letztes bisschen Verstand nahm. »Wo ist eigentlich dein Mann?«

»Ex-Mann«, keuchte sie, »und er ist hoffentlich weit weg.«

Sie lebte also allein, wie er schon vermutet hatte. Sarah war frei, und er war es auch. Dieses Wissen reichte ihm. Hektisch zog er ihr den Stoff von den Schultern, denn er konnte es kaum erwarten, ihre Haut auf seiner zu spüren.

¤ ¤ ¤

Sarah erging es ebenso. Sie stellte sich neben das Bett, um aus ihren Sachen zu schlüpfen, während sich Aidan das Handtuch von den Lenden zog. Sarah vermochte es nicht, ihre Augen von seinem Ständer zu nehmen. Dieses harte Stück Fleisch wollte sie am liebsten gleich in sich aufnehmen. Sie spürte, wie die Feuchtigkeit bereits aus ihr herauslief.

¤ ¤ ¤

Auch Aidan betrachtete die Frau an seiner Seite erregt. Ihre Nippel waren so herrlich spitz, dass ihm bei dieser Aussicht das Wasser im Mund zusammenlief. Sein Blick wanderte tiefer und blieb kurz an ihrer Taille hängen, bevor er sich dem Zentrum seiner Begierde widmete.

Lusttropfen stiegen in seinem Schaft empor und er zuckte hart, als Aidan sah, dass Sarah diesmal zwischen den Beinen komplett rasiert war. *Dieses Luder!*, dachte er mit rasant trommelndem Herzen. Die blanken Schamlippen waren genauso zierlich wie der Rest von ihr; aus dem schmalen Schlitz lugte ein rosiges Stück ihres angeschwollenen Lustzentrums.

Aidan fasste ihre Hand, um sie auf sich zu ziehen. Ohne zu zögern hockte sich Sarah auf seine Härte, die sich an ihr warmes, glattes Fleisch schmiegte.

¤ ¤ ¤

Der Druck seiner Erektion brachte ihren Kitzler zum Klopfen. Sofort begann sie sich auf dem stahlharten und doch so samtigen Stab zu reiben, bis seine volle Länge mit ihrem Lustsaft bedeckt war. Sarah küsste Aidans glatte Wangen. Er hatte sich bestimmt mit ihrem Rasierer den Bart abrasiert ... Dann rutschte sie tiefer und umkreiste mit ihrer Zunge die harten Knospen auf seiner Brust.

Aidan stöhnte wohlig unter ihren Zärtlichkeiten, während er seine Finger durch ihr seidiges Haar gleiten ließ, das seinen Hals kitzelte. Sarahs Zungenspitze stieß in seinen Nabel und fuhr dann immer tiefer an seinem Bauch herab.

Mmm, er riecht so gut!, dachte Sarah und tauchte ihre Nase in das krause Haar, wo sie einen tiefen Atemzug nahm, bevor sie den geäderten Schaft hinaufzüngelte, der unaufhörlich zuckte. Fest umschloss sie ihn an der Wurzel, wobei sie mit Daumen und Zeigefinger einen Ring formte.

»Sarah!« Hilflos wand sich Aidan unter ihren geschickten Lippen, die vorsichtig an der weichen Haut knabberten. Ihre Zungenspitze ertastete die Äderchen, bis sie an dem wulstigen Rand seiner Eichel ankam.

Er schmeckte nach ihrem Duschgel, nach ihrem eigenen Saft und nach ... Aidan. Wagemutig stülpte Sarah den Mund über den runden Kopf und saugte ihn tief ein.

¤ ¤ ¤

Aidan konnte kaum glauben, was sie mit ihm anstellte. Wahnsinn, wie die Frau blasen konnte ...

»Sarah!«, stöhnte er, als sein Schwanz in ihren Rachen glitt. Seine Finger krallten sich in die Laken, doch als er kurz vor der Explosion stand, schob er ihren Kopf weg.

Ohne Worte zog er sie zu sich auf den Schoß, wobei er seinen Penis mit einer Hand umfasste, sodass er steil nach oben ragte. Sarah verstand sofort und setzte sich auf die glänzende, dunkelrote Spitze. Aidan tauchte in ihre sprudelnde Hitze.

Sarah genoss die sanfte Dehnung, als sich seine dicke Eichel in sie bohrte. »Aidan …« Sie blickte herab in seine hellblauen Augen, mit denen er sie durch halb geschlossene Lider fixierte. Sein Mund stand leicht offen, er atmete schnell und keuchte leise.

Sarah ließ ihr Becken kreisen, damit sein pulsierender Schaft noch tiefer in sie gleiten konnte. Ihre Pobacken berührten Aidans Oberschenkel, worauf sie ihre Hände hinter sich abstützte und ihre Schenkel weiter öffnete.

Aidan sah alles: Vor seinen Augen präsentierte sich das feuchte Zentrum ihrer Lust. Sarahs Schamlippen, dunkelrot und geschwollen, hatten sich wie eine Blume entfaltet. In ihrer Mitte lag die kleine Knospe und schimmerte rosig. Aidan zögerte keinen Moment und drückte seinen Daumen auf den kleinen Knubbel, den er sanft massierte. Über ihm stöhnte Sarah auf. Mit einer Hand umfasste er ihre Pobacke, die andere bewegte er immer schneller über die harte Perle, bis Sarah ihren Kopf zurückwarf.

Er steckte bis zum Anschlag in ihr. Aidan spürte, wie ihr Inneres ihn fest umschloss, wobei ihm der Duft ihres Geschlechts in die Nase stieg. Während sie so hemmungslos auf ihm stöhnte und sich ihrem Orgasmus ergab, konnte auch Aidan nicht mehr warten. Heiß und dick schoss sein Saft aus ihm heraus und pumpte sich tief in sie hinein. Sein Höhepunkt war so gewaltig, dass tausend Glitzersterne vor seinen Augen tanzten und ihm beinahe die Luft wegblieb.

Erschöpft ließ er sich zurücksinken und zog Sarah mit sich. Schwer atmend lagen sie zusammen, Aidan immer noch in ihr, und beide genossen die Nachwehen ihrer Lust.

⌑ ⌑ ⌑

Sarah legte ihren Kopf an seine Schulter. »Wow«, flüsterte sie und schloss befriedigt die Augen.

Aidan legte seine Arme um sie. Fest drückte er sie an sich und vergrub seine Nase in ihrem Haar. »Das war wunderschön mit dir.«

Sarah spürte sein Zögern und fühlte plötzlich eine bleierne Traurigkeit in sich aufsteigen. »Aber?« Sie wollte nicht, dass er sie verließ. So wohl hatte sie sich schon lange nicht mehr gefühlt. Natürlich wusste sie, dass er nicht bleiben konnte. Aidan wurde immer noch gesucht.

»Ich denke, es wird Zeit, mich zu stellen.« Ein tiefer Seufzer entfuhr ihm. Nach einer Weile sagte er entschlossen: »Ich werde meine Unschuld beweisen. Und dann werde ich zu dir zurückkommen.«

Sarah strahlte ihn an und schmiegte sich an seine Brust.

Stecken geblieben

»Guten Abend, Mr Hillin.« Ihr Adlerblick bohrt sich in meine Augen und mein Magen verkrampft sich.

Ich nicke Mrs Patricia Chaney zu und murmle schnell ein: »Guten Abend«, als sie in letzter Sekunde zu mir in den Aufzug huscht, bevor sich die Tür schließt.

Es ist spät und die Feierabendstimmung ist eingeleitet, sodass das Gebäude beinahe verlassen ist.

Mrs Chaneys langer Zeigefinger mit der rot lackierten Kralle drückt auf »E«. Jetzt bin ich gefangen. Elf Stockwerke gilt es nun mit diesem Biest zu überstehen. Meine Augen starr auf die digitale Anzeige gerichtet, ist mir ihre Nähe nur allzu bewusst.

Es geht abwärts.

10 … Mrs Chaney verfolgt mich in meinen Träumen. Diese kalten eisblauen Augen, das energische Kinn, ihre viel zu lange Nase, auf der sie eine rahmenlose Brille balanciert …

9 … Auch heute trägt sie dieses strenge graue Kostüm und die Haare hochgesteckt. Sie ist gnadenlos. Eine Killerin. Meine Chefin – mein größter Albtraum! Sie hasst mich, da bin ich mir sicher. Für ihr Leben gern trampelt sie auf mir herum.

8 … Ich spüre ihren stechenden Blick auf mir. Sie mustert mich von oben bis unten. Wird sie mich auf den Artikel ansprechen, den ich heute bei ihr abliefern sollte? Meine Handflächen

werden feucht. Bitte, Herr im Himmel, wenn es dich wirklich gibt, lass sie nicht ihren Mund aufmachen!

7 ... Mrs Chaney ist die Furie, die mich in meinen Fantasien auspeitscht, mich erniedrigt, mir damit droht, ihre spitzen Absätze in meine Weichteile zu bohren. Und ich bin der unscheinbare Redakteur, den das unwahrscheinlich geil macht. Bin ich pervers? Ich habe wirklich Angst vor dieser »Todesfee«, wie wir Normalsterblichen diesen Drachen nennen.

6 ... Sie beherrscht mich. Tag und Nacht. Sie ist das personifizierte Böse, der Teufel in Frauengestalt. Mrs Chaney trägt sogar Prada!

Plötzlich ein Ruck, ein Quietschen und der Lift steht. Ein letztes Aufflackern der Innenbeleuchtung, dann ... Dunkelheit. Stille.

»Na prima!«, stößt sie genervt hervor, während mir am ganzen Körper der kalte Schweiß ausbricht. Doch ihre Empörung ist nur Masche. In Wahrheit hat sie den Aufzug allein mit Gedankenkraft zum Stillstand gebracht. Jetzt wird sie mich zerfleischen!

Ich höre scharrende Geräusche. Mein Kopf dreht sich langsam in ihre Richtung. Verwandelt sie sich jetzt in einen Zombie?

Nur das Glühen ihrer kalten Augen erhellt ihr Gesicht. Ich erschrecke mich fast zu Tode! Die böse Seite der Macht hat sie verführt. Mrs Chaney ist die Imperatorin der Chefredakteure!

Mit Erleichterung stelle ich fest, dass es zum Glück nur das Display ihres Handys ist, das sich in ihren Pupillen spiegelt. Das bläuliche Licht lässt ihre Gesichtszüge streng und mystisch erscheinen. »Mist, kein Empfang!«

Ich stoße erleichtert die Luft aus. Diese Frau treibt mich

in den Wahnsinn!

Sie macht einen Schritt in meine Richtung – das Leuchten kommt näher. »Mr Hillin, haben Sie ein Handy dabei?« Ihre Stimme klingt fest, kein bisschen aufgeregt und so bestimmend wie immer. Wenn die Chefin den Mund aufmacht, haben alle zu springen.

Ich versuche mein Mobiltelefon schon die ganze Zeit aus der Hosentasche zu angeln, und zwar seit dem Moment, als mir in den Sinn kam, die Geisterjäger zu rufen, doch meine Finger sind feucht und zittrig. Es fällt auf den Boden.

»Mr Hillin? Ist alles in Ordnung mit Ihnen?« Ihre Stimme ist diesmal noch näher an meinem Ohr. Beinahe fühle ich die Hitze ihres Körpers – dieses Höllenfeuer, das sie in ihrem Inneren schürt.

»Mr Hillin?« Hört sie meine beschleunigten Atemzüge und die Schläge meines Herzens?

»Äh, ich habe mein Handy fallenlassen.« Für wie inkompetent muss sie mich halten! Sofort gehe ich in die Hocke, um mit den Händen nach dem Handy zu tasten. Fast zeitgleich bekommen wir das Gerät zu fassen. Erst ich, dann sie, wobei sie einfach meine Hand nimmt und sie sich vor ihr Gesicht hält. Ihre besitzergreifende Art finde ich ... erregend! Und der Werbeslogan »connecting people« bekommt einen ganz neuen Sinn. Ich rieche ihr dezentes Parfüm, höre ihren leisen, fast schon seufzenden Atem.

»Auch keinen Empfang«, meint sie und lässt meine Hand los. Doch ihre Berührung hat sich tief in meine Haut eingebrannt.

Während sie auf die Beine kommt, bleibe ich immer noch in der Hocke. »Hätte ich bloß die Treppe genommen«, entwischen mir die Worte gedankenlos und ich bereue es sofort.

Aber Mrs Chaney überrascht mich. Sie klingt erleichtert. »Ich bin sehr froh, dass Sie sich für den Aufzug entschieden haben!«

Das Biest hat verdammt gute Ohren, aber anscheinend Angst vor der Dunkelheit. Oder Angst vor dem Alleinsein? Muss sie das wundern? Welcher Mann möchte schon mit solch einem herrischen Wesen zusammenleben, geschweige denn, mit ihr im Fahrstuhl steckenbleiben? Was hat sie denn für Vorzüge, außer diesem verdammt entzückenden runden Arsch?

Der Gedanke an ihr knackiges Hinterteil durchzuckt meine Lenden.

Was hat sie jetzt vor? Sie fährt mit dem beleuchteten Display des Mobiltelefons die Verkleidung der Kabine entlang, wobei sie immer wieder auf einen Knopf drücken muss, damit das Licht nicht erlischt.

In der Zwischenzeit habe ich mich gegen die Wand gelehnt und meine langen Beine angewinkelt, damit Mrs Chaney nicht darüberstolpert. Ich höre, wie sie an etwas herumhantiert und plötzlich fällt ein schmaler Streifen schwachen Lichts auf mich. Sie hat den Kasten der Notsprechanlage geöffnet und hat sofort einen Techniker in der Leitung, der schon fieberhaft an dem Problem arbeitet. Aber mit einer halben Stunde müssten wir rechnen, meint er.

Eine halbe Stunde!

Die kleine Notbeleuchtung des Sprechkastens taucht die Kabine in ein gespenstisches Zwielicht. Mrs Chaneys Silhouette ist sehr kurvig. Das fällt mir jetzt noch deutlicher auf als zuvor.

»Mr Hillin, haben Sie gehört? Bald kommen wir hier raus«, sagt sie zuversichtlich. »Mr Hillin? Was ist denn nur los mit Ihnen?«

Was soll ich ihr sagen? Dass sie mich ängstigt und erregt zugleich? Ich merke bereits, wie sich der Verräter in meiner Hose ein schnelles Abenteuer erhofft. Er liebt Mrs Chaneys Formen. Er hat ja keine Ahnung, was er mir damit antut!

Ich atme mehrmals tief ein und aus, um mich zu beruhigen. Vielleicht kommt mein Schwanz wieder zur Vernunft, wenn ich ihn mit mehr Sauerstoff versorge.

»Mr Hillin, haben Sie vielleicht Platzangst?«

»Ja«, lüge ich, in der Hoffnung, sie mir damit vom Leib zu halten.

Sofort knallt sie das kleine Türchen zu. Die Dunkelheit hat uns wieder. »Sie werden jetzt genau das tun, was ich Ihnen sage, Mr Hillin«, meint sie in ihrem gewohnt strengen Ton.

Ich schlucke schwer. »Ja, Ma`am.« In meiner Fantasie sehe ich sie nackt vor mir. Sie befiehlt mir, mich auszuziehen ...

»Stellen Sie sich vor ... Sie liegen ... auf einer Wiese. Genau! Es ist Nacht, weshalb Sie nichts sehen können, und der Himmel ist bewölkt. Es ist stockdunkel, aber um Sie herum breiten sich mehrere hundert Hektar unbebautes Land aus.« Ihre Stimme ist plötzlich ein warmer Hauch an meinem Ohr. Mein Schwanz ist sofort steif!

»Können Sie mir so weit folgen?« Ihre Hand auf meiner Schulter schickt Stromstöße durch meinen Körper.

Ich bringe gerade noch ein krächzendes »Ja« heraus.

»Legen Sie den Kopf auf meinen Oberschenkel.«

Ober ... schen ... kel?

Sie setzt sich tatsächlich neben mich, tastet nach meinen Schultern und zieh mich einfach auf sich.

Ihr Bein ist fest und warm. Der verlockende Geruch ihrer Leibesmitte steigt mir in die Nase. Ich bräuchte nur meinen Kopf ein Stück zu drehen und läge direkt in ihrem Schoß.

Weiß diese Frau, was sie mir damit antut? Nach dem heutigen Abend wird in meinem Leben nichts mehr sein wie zuvor.

Plötzlich fährt sie mit der Hand durch mein Haar. Unendlich zärtlich. Das kann nicht Mrs Chaney sein, die ist zu solchen Handlungen nicht fähig!

»Sie schwitzen ja, Sie Armer. Versuchen Sie sich zu entspannen.«

Ihre tastenden Hände treiben mich in den Wahnsinn. Gerade noch kann ich ein Stöhnen unterdrücken, doch als sie meine Brust berührt, keuche ich auf.

»Pssst. Wir liegen auf einer großen Wiese. Schon vergessen?«, flüstert sie.

Eine halbe Stunde ... geistern die Worte durch mein Gehirn. Eine halbe Stunde, in der ich meinen Fantasien nachhängen kann. Ganz langsam löst sich meine rechte Hand aus der Starre und wandert zu meinem Schritt. Ich danke dem Erfinder des knöpfbaren Hosenschlitzes. Ein Reißverschluss hätte mich jetzt verraten.

Ich befreie meinen Schwanz und fördere auch noch seine zwei festen, kugeligen Gefährten zutage. Während meine Chefin mein Haar, das Gesicht und meinen Oberkörper streichelt, liebkose ich meinen Schaft und versuche, ihn so unauffällig wie möglich zu massieren.

Plötzlich spüre ich Mrs Chaneys Finger an meiner nackten Brust! Sie hat einen Knopf geöffnet, ohne dass ich es bemerkt habe. Ihre langen Nägel fahren über mein Fleisch wie die Krallen einer Löwin über ihre Beute. Ich kann einen kehligen Laut nicht zurückhalten. Mein Schwanz steht kurz vor dem Ausbruch. Immer schneller gleiten meine Finger über den Ständer, bis ...

Beide stoßen wir einen Schrei aus, als plötzlich das Licht

angeht. Ich erstarre und umklammere mein Glied so fest, dass die Spitze dunkellila glänzt.

Dann wage ich einen kurzen Blick auf meine Chefin. In einer Sekunde werde ich wissen, ob ich morgen meine Sachen packen darf. Eine Hand befindet sich in ihrer Bluse, aus der eine geschwollene Knospe herausschaut, die andere Hand ruht zwischen ihren Schenkeln. Ich kann es kaum glauben: Mrs Chaney ist kein bisschen besser als ich! Aber immer noch meine Vorgesetzte. Sie kann sich so etwas erlauben – ich nicht!

Sofort setze ich mich auf und auch sie kommt auf die Beine. Noch bevor ich meinen Schwanz wegpacken kann, drückt sie mir ihren Fuß auf den Brustkorb. »Halt! Nicht so schnell, Mr Hillin!«

Da ist er wieder, dieser Chaney-Befehlston, der mir kalte Schauer über den Rücken jagt. Ihr Gesicht ist gerötet; vereinzelt hat sich eine Haarsträhne aus dem strengen Knoten gelöst.

Sie drückt fester zu, worauf sich der spitze Absatz ihrer Schuhe in meine Rippen bohrt. Mit einem Schmerzenslaut lasse ich mich zurücksinken, doch anstatt auf dem harten Boden aufzukommen, bettet sich mein Kopf auf ihrer Handtasche. Mein Penis schaut immer noch aus der Hose und Mrs Chaney betrachtet ihn mit unverhohlener Neugier. Stolz wie ein Pfau reckt er sich in die Höhe. Mist!

»So ist das also, Mr Hillin. Keine Klaustrophobie!«

Langsam schüttele ich den Kopf und setze zum Gegenschlag an. Ich habe nichts mehr zu verlieren: »Sie haben doch die ganze Zeit selbst an sich herumgefingert! Ich biete Ihnen ein Remis an.«

»Was?« Doch dann versteht sie. »Ich lehne ab, Mr Hillin. Das Spiel ist noch lange nicht zu Ende!«

Jetzt hat sie mich in der Hand, dieses Biest! Ich wusste es, sie will mich fertigmachen! Sie schiebt den engen Rock nach oben!

»Jetzt wird nach meinen Regeln gespielt. Sie werden mich nun befriedigen. Oral. Und ich möchte, dass Sie sich dabei mächtig ins Zeug legen.«

Und schon steht sie über mir. Mrs Chaney trägt doch tatsächlich kein Höschen! Oder hat sie es vielleicht schon vorher ausgezogen?

Beim Anblick der entzückenden Spalte setzt mein Hirn aus. Meine Hände wandern ihre festen Schenkel hinauf. Dort ist sie so verdammt heiß!

»Nicht so schnell, Hillin! Sie werden mich nur mit der Zunge berühren. Die Hände bleiben an Ihrem Schwanz!«

Schon geht sie in die Hocke, worauf sich ihre Scham auf mein Gesicht presst. Oh, wie sie dort duftet! Meine Zunge findet sofort den betörenden Eingang, taucht hinab in den feuchten Quell und verteilt ihre Lust auf den Schamlippen. Und Mrs Chaney hat riesige Schamlippen! Die inneren sind so groß, dass sie zwischen den äußeren hervorstehen. Mein Mund schnappt danach und saugt, während sich meine Chefin über mir windet und stöhnt.

»Sie vernachlässigen Ihren Schwanz«, keucht sie.

Ja, sie hat recht! Sofort beginne ich wieder mit der Massage, aber Mrs Chaneys Lustzentrum versetzt mich in solch einen Rausch, dass ich jeden Moment explodiere.

Sie bemerkt natürlich sofort, dass ich mich nicht mehr reibe. »Wieso hören Sie auf?«

»Ich komme gleich«, hauche ich in ihre Feuchte. Und sie ist mächtig nass zwischen den Beinen!

»Na und?«

»Ich kann doch hier nicht einfach ...«

»... abspritzen?«

Bevor ich das kommentieren kann, hat sie sich schon nach vorne gebeugt und meinen Schwanz inhaliert.

Teufel noch mal! Die Frau hat es drauf! Ihr Mund ist ein fester, feuchter Ring, der an meiner ganzen Länge auf und abfährt, während ihre Zunge über meine geschwollene Spitze huscht. Ich kann mich nicht mehr zurückhalten. Heiß und dickflüssig steigt es in mir auf; beide kommen wir gleichzeitig. Wir brechen aus wie ein Vulkan, wobei ich mich in pulsierenden Schüben in ihren Mund ergieße. Ich spüre, wie sie über mir zuckt, während ich ihre neckische Perle einsauge. Sie schreit auf, dann ist es vorbei.

Hastig stehen wir auf, richten mit hochroten Gesichtern unsere Kleidung – gerade rechtzeitig – denn plötzlich schiebt sich die Fahrstuhltür zur Seite.

Ein älterer Mann mit einer blauen Latzhose späht über die Schwelle. Ich sehe nur seinen Oberkörper und erkenne, dass wir zwischen zwei Stockwerken feststecken.

»Ist alles in Ordnung? Ich habe Schreie gehört. Soll ich einen Arzt rufen?«, fragt er, während ich aus dem Lift in das untere Stockwerk springe und anschließend meiner Chefin heraushelfe. Ich halte sie einen Moment länger als notwendig, drücke den warmen Körper an mich und genieße meine Illusionen, bevor ich mich von ihr abwende.

»Nicht nötig, aber gut, dass Sie uns endlich hier herausholen. Mr Hillin leidet sehr stark unter Klaustrophobie«, erklärt sie ihm, doch ich habe genau gesehen, wie sie ihm ein Scheinchen in die Brusttasche gesteckt hat.

Sie zwinkert mir kurz zu. »Ich erwarte Ihren Artikel morgen Früh, Mr Hillin. Und seien Sie pünktlich!«

Dieses Biest! Ich bin Wachs in ihren Händen ...

Sex & Spiele

Dass ich eine nymphomanische Ader habe, steht außer Frage. Ich brauche es oft, mindestens aber drei Mal am Tag, und ich brauche es hart. Von einer festen Beziehung sehe ich allerdings ab, denn ich kann nicht treu sein und werde es auch nie. Außerdem besitzt ein einzelner Mann niemals das Durchhaltevermögen, um meiner Herr zu werden. Wie gut, dass ich, Mrs Dr. Kathryn Gardener, an einer Universität lehre, wo für mich junge unverbrauchte Kerle im Überfluss bereitstehen.

Jetzt werden Sie sagen: »Diese Frau ist eine Hure!«

Das stimmt nicht, denn schließlich begehe ich weder Ehebruch noch knöpfe ich diesen Burschen ihr Geld ab. Im Gegenteil! Sie profitieren davon genauso wie ich, und auf meine Art liebe ich jeden Einzelnen von ihnen.

Heute, an diesem heißen Sommertag, habe ich zwei Studenten zu mir bestellt, die sich ihre Prüfungsunterlagen abholen sollen. Diese »Beschaffungsmaßnahme« hat sich an der Uni wie ein Lauffeuer verbreitet, weshalb es mir an Nachschub nie mangelt.

Ich lasse noch einmal den Blick über die große geflieste Dachterrasse meines Penthouses gleiten: Das Zentrum bildet ein kreisrunder Jacuzzi, wobei ich die Wassertemperatur auf angenehme achtundzwanzig Grad heruntergeregelt habe, damit bei dieser Hitze keiner meiner Schüler einen Kreislaufzusammenbruch erleidet. Das Becken, mit integrierter Poolbar, ist eine Sonderanfertigung, auf die ich ganz besonders stolz bin. Drei bunte Cocktails stehen schon auf der Theke bereit und nur das Sonnensegel verhindert, dass sich das Eis sofort verflüchtigt.

Als es an der Haustür klingelt, sehe ich schnell auf die Armbanduhr. »Überpünktlich, wie immer. Die Jungs können es mal wieder kaum erwarten.« Und ich selbst ebenso wenig.

Mir einen seidenen Morgenmantel überwerfend, unter dem ich bis auf meine hochhakigen Pumps nackt bin, stolziere ich in die Wohnung. Vor der Tür stehen zwei große Männer und ich erkenne sofort Carlos, den Informatikstudenten aus Kuba, der mich schon mehr als einmal beglückt hat. Sein Freund, der noch nie bei mir war, stellt sich als Julian vor. Aber das weiß ich ja bereits, denn ich recherchiere genau über meine Liebhaber, bevor ich mir einen oder mehrere ins Haus hole. Julian wählte ich aus, weil ich herausfinden will, ob er schwul ist, da er angeblich noch nie mit einem Mädchen zusammen gesehen wurde. Es wäre wirklich eine Schande, wenn der Frauenwelt so ein hübscher Kerl versagt bliebe.

»Meine Herren, wenn ihr Lust habt, tut euch keinen Zwang an und erfrischt euch im Pool«, meine ich augenzwinkernd, während ich die Studenten durch die geräumige Wohnung auf die Terrasse führe. *Meine* Lust bezieht sich jedoch mehr auf die zwei gut gebauten Körper als auf das feuchte Nass.

»Macht nur, zieht euch aus! Wir sind hier im zwölften Stock, keiner kann uns sehen!«, ermutige ich die beiden, und Carlos' T-Shirt segelt zu Boden.

Julian blickt verunsichert zwischen uns hin und her.

Ich verstehe, dass er etwas Zeit braucht, um sich einzugewöhnen. »Oh, ich habe drinnen noch kurz etwas zu erledigen! Lasst euch doch erst mal die Drinks schmecken!« Schon klappere ich auf den hohen Absätzen hinein und ziehe die Glastür zu. Hinter der verspiegelten Panoramascheibe des Wohnzimmers mache ich es mir in einem Sessel gemütlich und beobachte die Männer dabei, wie sie sich entkleiden. Alle beide. »Sehr schön, die erste Hürde wäre geschafft.« Alles andere ist ein Spaziergang.

Julian, der große Kerl mit den hellen Haaren und den eisblauen Augen, entblößt einen sehnigen, gut durchtrainierten Körper. »Definitiv ein Leistungssportler!«, meine ich, während ich mir den Bademantel von der Schulter streife, um mir über die haarfreie, samtweiche Haut zwischen den Schenkeln zu streicheln. »Sehr schön, der besitzt Ausdauer!«

Als ich den breiten Rücken und die muskulösen Oberarme des Dunkelhaarigen bewundere, murmle ich: »Und Carlos hat Kraft!« Dabei teile ich meine Schamlippen mit den Fingern und reibe mir über die kleine Perle, die schon in froher Erwartung pocht.

Julian dreht den Kopf kurz in meine Richtung, aber er kann mich durch die verspiegelte Scheibe natürlich nicht sehen. Doch die Vorstellung, dass er direkt in meine Spalte blickt, reicht aus, um meine Lust zu steigern. Carlos sagt etwas zu seinem Kommilitonen, lächelt durchtrieben und schon ziehen sie sich auch die Unterhosen aus. Zwei prächtige Gemächte kommen zum Vorschein, deren naturbegünstigte Beschaffenheit mir die Feuchtigkeit zwischen die Beine treibt. Carlos' Schwanz ist ob der Vorfreude schon ein gutes Stück gewachsen. Der Kubaner weiß eben, was auf ihn zukommt!

Julian hingegen wirkt sehr verkrampft. Es ist an der Zeit, dass ich etwas dagegen unternehme, doch zuvor tauche ich einen Finger in mich und verteile die Nässe auf meinem glatten

Fleisch. Während ich an mir herumspiele, beobachte ich, wie diese Prachtburschen in den Jacuzzi steigen. Schon durchlaufen erste Kontraktionen meinen Unterleib und keine drei Sekunden später erzittert mein gesamter Körper. Ich mache es mir zuvor jedes Mal selbst, damit ich nicht schon bei der ersten Berührung der Männer komme.

So gut vorbereitet, streife ich mir die Schuhe von den Füßen und spaziere kurz darauf splitternackt auf die Dachterrasse. Carlos lehnt entspannt im Pool, schlürft an seinem Drink und grinst mich breit an, während Julian ihm gegenüber sitzt und mir so den Rücken zukehrt.

Kurzentschlossen gleite ich neben den blonden Studenten in den Pool und ziehe den Kubaner zu mir heran, sodass ich jetzt zwischen beiden sitze. Die Arme um ihre Schultern und jeweils ein Bein auf ihre Schenkel gelegt, werfe ich erregt den Kopf zurück und genieße den sanften Druck einer Massagedüse, die genau auf meine geöffnete Weiblichkeit gerichtet ist. Die pulsierenden Wellen bringen mich beinahe wieder an den Höhepunkt.

Carlos, ganz hilfsbereiter Gentleman, beugt sich sofort zu mir hinüber, um mit seiner Hand nachzuhelfen. Er reibt ziemlich fest über mein Fleisch, denn er weiß, dass ich es so liebe. Zwei Finger stößt er immer wieder in meine Enge, wobei der Daumen meine Klitoris beinahe erdrückt.

Nachdem ich ein weiteres Mal gekommen bin, beginnt er, meine Brüste zu bearbeiten, während Julian so starr neben mir sitzt, als hätte er einen Stock im Hintern.

Also ziehe ich meine Hand von seiner Schulter und lege sie zwischen seine Schenkel. Als ich die mächtige Erektion umschließe, keucht er auf. Fantastisch, was hat dieser Kerl für ein Kaliber! Ich habe erwartet, ihn erst in Stimmung bringen zu müssen, doch anscheinend hat allein mein losgelöster Anblick schon seinen Zweck erfüllt.

»Mach mich scharf, Julian«, raune ich lüstern und ziehe ihn am Penis nach oben – worauf er einfach gehorchen muss – und gehe vor ihm in die Hocke, als er sich auf den Rand gesetzt hat. Doch der Student starrt mich nur mit weit geöffneten Augen an.

»Komm, Julian, Kathy beißt nicht!«, sagt Carlos, der hinter mich gerutscht ist und wieder die Finger durch meine samtigen Lippen gleiten lässt. Abermals erfassen mich wohlige Schauer, während ich schwer atmend das aufgerichtete Glied fixiere.

Zögerlich folgt er den Worten seines Freundes. Die Hände hinter sich auf den warmen Steinplatten abgestützt, spreizt er die Beine, damit ich dazwischengehen kann. Sofort verschwindet seine Härte in meinem Mund. Julian zieht scharf die Luft ein.

Der Kerl tut ja gerade so, als hätte er noch nie einen geblasen bekommen, überlege ich, während ich an der glatten Spitze lecke, an der sich sein Begehren schon verflüssigt hat. Julian besitzt einen interessanten Penis. Lang und schlank, mit einer ausgeprägten Eichel.

»Siehst du, sie beißt nicht!« Carlos stöhnt kehlig, als er von hinten in mich eindringt.

Was kann es Schöneres geben, als vollkommen ausgefüllt zu werden und solch eine Macht über zwei junge Kerle zu haben! In diesem Moment kommt Julian. Ich bin so gar nicht darauf vorbereitet gewesen, dass ich mich beinahe an dem warmen Schwall verschlucke.

Hustend weiche ich vor ihm zurück und nehme einen kräftigen Zug aus meinem Glas.

»Es ... tut mir leid. Echt!«, bemerkt er mit gesenktem Kopf.

Scheinbar beschämt steigt er aus dem Pool und fischt sich eine Zigarette aus der am Boden liegenden Hose. Seine Hände zittern, als er sie entzündet und zu dem weitläufigen Geländer hinüberschlendert. Dort stützt er die Ellbogen auf und blickt nach unten auf den Stadtverkehr.

Carlos, der meine Hüften fest umschließt, hämmert weiterhin, wild wie ein Tier, in mich hinein und verströmt sich nur wenige Augenblicke später. Ich bin so auf Julian fixiert gewesen, dass ich zum ersten Mal in meinem Leben als Nymphomanin selber nicht gekommen bin – und das dauert immerhin schon sehr viele Jahre an.

»Mach dir nichts draus, Kathryn. Er ist total verklemmt«, keucht Carlos hinter mir, weil er anscheinend bemerkt, wie ich seinen Kommilitonen beobachte. Er wechselt sofort das Thema. »Wie kann ich es dir besorgen? Soll ich dein Lieblingsspielzeug holen?«

Lächelnd drehe ich mich zu dem Kubaner um. »Was hältst du davon, wenn du heute Abend noch einmal herkommen würdest, Carlos? Ich denke, dein schüchterner Freund legt Wert auf Privatsphäre.«

Er steigt aus dem Pool und angelt sich seine Sachen. »Verschreck ihn mir bloß nicht, Kathryn! Ohne Julian kann ich meine Prüfung vergessen. Er ist der Einzige, der immer mitschreibt, und dazu braucht er einen klaren Kopf!« Verwegen grinsend stiehlt er sich davon.

Lächelnd betrachte ich Julian und denke: Keine Angst, ich werde ihn nur ein wenig in die Geheimnisse der Liebe einführen und dabei eine Menge Spaß haben! Eine prickelnde Vorfreude macht sich zwischen meinen Beinen breit.

***

Nach zwei Gläsern Scotch hat sich der Student schnell überreden lassen, den Pool gegen die klimatisierte Wohnung einzutauschen und mit ins Schlafzimmer zu kommen.

»Mit der weiblichen Anatomie bist du vertraut?«, frage ich ihn, während er den dritten Scotch in einem Zug vernichtet. Wieder fällt mir auf, dass seine Hände zittern.

Er räuspert sich, eine Hand im Schritt, unter der bereits ein neuer Ständer wächst. Wir beide sind noch immer nackt, doch das stört mich nicht im Geringsten.

Als er mir keine Antwort gibt, frage ich: »So ein attraktiver Kerl wie du muss doch die Mädchen reihenweise flachlegen. Oder bist du schwul?«

»Nein«, sagt er kurz angebunden und betrachtet interessiert mein außergewöhnliches Bett. An dem gusseisernen, massiven Gestell baumeln noch die gepolsterten Handschellen, an denen gestern Michael hing. Und am Tag davor Carlos. Ich muss unbewusst lächeln. Ich liebe diese wehrlosen Männer, auf denen ich mich austoben kann, als würde ich einen Bullen reiten. Das macht mich unsagbar an.

Julians Blick fällt auf die halb geöffnete Schublade, die vor buntem Plastik geradezu überquillt. Ich drücke schnell das Knie dagegen, denn der junge Mann verkrampft vor Anspannung jeden Muskel seines Körpers. Ich will ihn nicht noch mehr erschrecken. Aufmunternd lächle ich ihn an. »Das brauchen wir jetzt nicht. Noch nicht.«

Nachdem ich mich mit gespreizten Beinen auf der Matratze niedergelassen habe – denn Julian darf sich auch die geheimsten Stellen genau ansehen – hole ich tief Luft. Eigentlich habe ich mir den Nachmittag anders vorgestellt. Ich wollte mehrmals richtig gut durchgefickt werden, stattdessen muss ich dem grünen Jungen einen Einführungskurs geben. Wahrscheinlich ist er noch Jungfrau, so schnell wie er vorhin abgespritzt hat!

Es trifft mich völlig unvorbereitet, als Julian mich mit dem Gesicht voran auf die Matratze drückt und sofort meine Hände mit den Handschellen an das Gestell fesselt. Dabei geht er nicht gerade zimperlich mit mir um. Noch ehe ich mich versehe, fixiert er auch meine Beine an den Seiten des Bettes. Dort sind weiche Seile befestigt, die mir sonst bei den Liebesspielen immer gute Dienste leisten. Jetzt werden sie mir zum Verhängnis. »Sag mal, spinnst du?«, kreische ich erschrocken auf, wobei mein Herz rast, als hätte ich gerade einen Marathon hinter mir.

»Halt die Klappe, du Schlampe!« Jetzt hört er sich nicht mehr sehr schüchtern oder unsicher an. So festgezurrt, wie ein X auf der Matratze und noch auf dem Bauch liegend, komme ich mir plötzlich wehrlos und ausgeliefert vor. Um Julian zu sehen, muss ich unangenehm den Kopf verrenken, da er am Fußende des Bettes steht.

»Ich weiß, dass du mich hast bespitzeln lassen!« Seine Stimme klingt tödlich kalt. »Und ich hasse es, wenn sich jemand in mein Leben einmischt!«

Ich begreife, dass ich diesmal einen Fehler gemacht habe.

Als er eine Hand zwischen meine weit gespreizten Beine drückt, stöhne ich auf.

»Deine Muschi ist ja ganz nass.«

»Was soll das? Bitte mach mich wieder los!«, winsele ich kleinlaut.

Er lacht auf. »Erst, wenn ich mit dir fertig bin, geiles Stück!«

Ich rufe laut nach Hilfe, in der Hoffnung, der Mann, der unter mir wohnt, kann mich hören. Doch Julian presst mir seine Hand auf den Mund. »Sei sofort still, sonst werde ich ungemütlich!«, zischt er.

Sofort verstumme ich und höre, wie er in der Schublade herumwühlt.

»Du hast ja wirklich alles da, was mein Herz begehrt!«, sagt er leise.

Dann sehe ich, wie er mir einen Knebel aus Leder, dessen Mundstück aus einem Silikonball besteht, vor die Augen hält. Schnell blicke ich ihn an. Er lächelt garstig und drückt mir den Ball in den Mund, wobei er den Riemen an meinem Hinterkopf verschnürt. Meine Zunge drückt gegen das kühle Silikon, in das sich meine Zähne graben. Obwohl ich das Ding bei mir in der Schublade habe, kam ich bisher nie in die Verlegenheit, es auszuprobieren.

»Wenn du ein braves Mädchen bist, nehme ich den Knebel wieder raus«, flüstert Julian an mein Ohr.

Wie konnte ich mich nur so in jemandem täuschen? Ich habe all meine Informationen über ihn von Carlos, und der kennt Julian angeblich schon über zwei Jahre lang!

Als ich plötzlich die Haustür ins Schloss fallen höre, versteife ich mich augenblicklich. Julians Kopf fährt herum. Argwöhnisch taxiert er den Türrahmen.

»Lasst euch nicht stören, ich habe nur was vergessen!«, schallt die fröhliche Stimme des Kubaners durch den Flur. »Bin gleich wieder weg!«

Carlos! Er ist meine einzige Rettung!

»Wieso hat der Kerl einen Schlüssel zu deiner Wohnung?«, zischt Julian.

Hat er nicht!, schießt es mir durch den Kopf. Ich versuche, nach Carlos zu rufen, doch durch den Silikonball dringen nur undefinierbare Laute an die Oberfläche.

Julian hält mir auf der Stelle die Nase zu und zischt: »Hör sofort auf mit dem Gewinsel!«

Mein rasendes Herz legt noch an Tempo zu. Ich fürchte mich, doch es macht mich auch geil. Ich wage es nicht zuzugeben, aber dieser Julian macht mich verdammt scharf. Trotzdem hoffe ich, von Carlos befreit zu werden.

Als Julian von mir ablässt, ziehe ich schnell die Luft ein. Schweiß steht auf meiner Stirn.

»Kathryn? Ist alles in Ordnung?«, ruft Carlos, und es klingt, als ob er sich im Flur befindet.

Julian beugt sich nah an mein Gesicht und hält einen Finger vor seine Lippen. »Pssst, oder dein Freund ist der Nächste!«

»Kathryn? Bist du hier irgendwo?«, fragt Carlos diesmal etwas näher.

Julian schlüpft gerade hinter die geöffnete Tür, als das Gesicht des Kubaners im Rahmen auftaucht. »Kathryn?!«

Mit weit aufgerissenen Augen starre ich ihn an, mein Brustkorb hebt und senkt sich dabei rasend schnell. Ich versuche, ihm mit den Augen ein Zeichen zu geben, doch Carlos fängt nur an zu lachen.

»Perdóna, ich störe wohl gerade.«

Vehement schüttele ich den Kopf.

Er stemmt die Hände in die Hüften und grinst mich an. »Wo ist eigentlich Julian? Sag bloß, der Feigling ist verduftet und hat dich hier einfach so zurückgelassen?«

Abermals verneine ich, wobei ich unangenehm den Rücken durchstrecken muss, doch der Kubaner versteht mich einfach nicht. Der Anblick meines hilflosen, nackten Körpers bewirkt anscheinend, dass er total auf der Leitung steht.

»Ich werde dich wohl befreien müssen.« Schon kommt er auf das Bett zu und ich registriere, wie Julian hinter der Tür hervorschleicht.

Ich gebe wirklich alles, um Carlos auf die Gefahr aufmerksam zu machen, doch zu spät. Schon hat der blonde Hüne einen Arm um seinen Hals gelegt und ihn zu Boden gerissen.

Ich höre Carlos spanische Flüche ausstoßen, gefolgt von dumpfen Geräuschen, die sich wie Schläge anhören, doch ich kann nicht sehen, wie die beiden Männer am Fußboden kämpfen, so sehr ich auch den Kopf verrenke.

Als mich plötzlich eine Hand grob am Bein packt, schreie ich erstickt auf. Doch es ist Carlos! Sichtlich erschöpft zieht er sich nach oben. Sein dunkles Haar steht wirr in alle Richtungen, das Shirt ist am Kragen eingerissen. Sofort macht er sich daran, meine Fesseln zu lösen. Als ich endlich die Arme freihabe und mir den Knebel entferne, hole ich erst einmal tief Luft. Zitternd komme ich auf die Beine und krieche aus dem Bett. Da sehe ich Julian am Boden liegen. Er bewegt sich nicht. Seine Hilflosigkeit löst beinahe mitleidige Gefühle in mir aus.

»Komm, wir legen ihn aufs Bett. Dort fesseln wir ihn, bevor er wieder zu sich kommt«, schlägt Carlos vor.

Zusammen hieven wir den schweren Körper auf die Matratze. Ich zögere keine Sekunde ihm die Handschellen anzulegen. Mein Retter übernimmt die Füße.

Noch etwas mitgenommen sitze ich auf dem Bett und starre auf Julian.

»Hat er dir was getan?« Carlos drückt mich fest an sich und streichelt mein Haar. Seine Nähe tut verdammt gut.

»Nein, du bist gerade noch rechtzeitig gekommen!«

Mit Beinen wie aus Gummi löse ich mich aus der Umarmung und stehe auf. »Was machen wir jetzt bloß mit ihm?«, frage ich in die Stille hinein, während ich Julian betrachte.

»Wie wäre es, wenn wir ihm eine Strafe verpassen, die er wirklich verdient hat!«, schlägt Carlos vor.

Mein Gesicht hellt sich auf. »Gleiches mit Gleichem vergelten, meinst du?«

»Schnell erfasst, doctora!« Carlos strahlt wie ein Wissenschaftler, der gerade die Entdeckung seines Lebens gemacht hat.

Als wir Julian stöhnen hören, nehme ich schnell den Knebel und lege ihn an. Überrascht reißt der Gefangene die Augen auf, doch zu spät. Seine Proteste gehen in einem erstickten Gurgeln unter.

»So, mein Lieber, jetzt werde ich dir all das geben, was du mit mir machen wolltest!« Ich setze mich auf die Bettkante und wühle vor seinen Augen in der Schublade. Nachdem ich Brustklemmen, einen Analdildo, eine Kerze und einen elektrischen Penisring aus Silikon hervorgeholt habe, mache ich mich daran, Julian den Cockring anzulegen. »Zuerst zaubern wir dir eine hübsche Erektion, sonst kann ich nicht mit dir arbeiten!«

Carlos, der neben mir steht, beobachtet genau, wie ich seinem Freund den Ring unterhalb der Hoden anlege. »Da fließt wirklich Strom durch?«

Ich zeige ihm die batteriebetriebene Kontrolleinheit. »Ja, aber für diesen Mistkerl zu wenig, befürchte ich.«

»Darf ich?«, fragt er.

Ich überlasse dem Kubaner das Kästchen, von dem ein Kabel bis zum Ring führt. Als er auf den Knopf drückt, bäumt sich Julian auf. Sämtliche Muskeln angespannt, wirft er seinem Kommilitonen einen bösen Blick zu. »Hey, Kathryn, schau mal seinen Schwanz an!«

Ich kichere nur und zwicke meinem Opfer eine Klemme an die Brustwarze. Julian gibt einen gedämpften Laut von sich, wobei sein Gesicht durch den plötzlichen Schmerz knallrot anläuft.

»So, und jetzt wirst du schön brav sein und mich auf dir reiten lassen, sonst ...« Ich wedele mit dem Analdildo vor seiner

Nase hin und her. »Die Brustklemme ist nur eine Warnung. Ich habe noch eine Menge mehr davon und du noch viele schöne Stellen, an denen ich sie anbringen kann!«

Er zieht die Brauen nach oben und nickt bloß. Abermals drückt Carlos auf den Knopf, worauf sich Julians Körper durchbiegt. Sein Penis ist bereits knallhart und leuchtet mir dunkelrot entgegen. Ich spüre Erregung in mir aufsteigen. Meine Angst hat sich verflüchtigt. »Du kannst das Teil mir geben, Carlos.«

Der Kubaner gibt das Kästchen wieder zurück und fragt etwas enttäuscht: »Und was kann ich machen?«

»Hm, bedien dich doch einfach an mir, während ich diesen Kerl reite. Tu, was du willst.«

Grinsend beginnt sich der Kubaner zu entkleiden, während ich mich mit zwei wackeligen Schritten über meinem Versuchsobjekt positioniere. Langsam gehe ich in die Hocke, um mir genüsslich den warmen Schaft bis zum Anschlag einzuführen. Als ich aufstöhne, stößt Julian gepresst die Luft aus der Nase.

»Na, brennt dein Nippel schon wie Feuer?« Gemein, wie ich bin, ziehe ich an der Klemme, worauf sich die Brustwarze ein Stück anhebt. Mein Opfer hätte sicher geschrien, wenn es gekonnt hätte.

Carlos hat sich bereits hinter mich gekniet und reibt seine Härte an meinem Hinterteil. Ich genieße diese enorme Länge tief in mir, während der Kubaner um mich greift, an meiner Klit reibt und eine Brust massiert.

»Wie ist es, Kathryn, wenn du einen Mann fickst, der sich nicht wehren kann?« Carlos' Worte treiben mir zusätzlich die Feuchtigkeit zwischen die Beine. »Wie fühlt sich das an, Julian zu benutzen?«

Ich kann ihm nur ein schwaches »fantastisch« entgegenhauchen, weil ich kurz vor der Explosion stehe. Schnell hebe ich meinen Körper an und entlasse Julian aus meiner Spalte.

»Ich möchte ihn noch mehr demütigen«, keuche ich. »Nimm ihm den Knebel ab, Carlos. Dein Kollege soll mich richtig schön auslecken!«

»Er wird schreien«, meint er bloß, doch er macht sich schon an dem Verschluss zu schaffen. Dabei wippt seine Erektion gefährlich nah an dem Gesicht unseres Opfers.

»Nein, das wird er nicht.« Bösartig lächelnd zünde ich die Kerze an und halte diese über Julians Penis. Julian bekommt große Augen.

Gerade, als er den Silikonball ausspuckt, lasse ich einen heißen Wachstropfen auf seinen Oberschenkel fallen. »Au! Verdammte Schlampe!«, zischt Julian.

»Ich werde Carlos die Kerze geben. Und wenn du mich nicht leckst, so, wie ich das gerne möchte, landet das heiße Wachs das nächste Mal auf deiner Eichel!« Mit einem zuckersüßen Lächeln reiche ich meinem Komplizen die Kerze.

Keine Sekunde später presse ich auch schon meine nasse Spalte in Julians Gesicht. Seine Zunge schnellt gehorsam hervor, genau so, wie ich es erwartet habe. Wenn es um ihr bestes Stück geht, tun Männer eben alles!

Julian leckt, als hinge sein Überleben davon ab. Sein heißer, abgehackter Atem erinnert mich an ein Rennpferd, dem unablässig die Sporen in die Flanken gedrückt werden. Er macht seine Sache wirklich ausgezeichnet!

»Und jetzt saug an meinem Kitzler«, befehle ich ihm.

An dem Bettgestell festhaltend, reibe ich mich an seinem Gesicht und genieße den Höhepunkt, der wie eine gewaltige Explosion aus mir herausbricht. Doch ich lasse dem Kerl keine Ruhe. Schon knie ich mich zwischen seine Beine und übernehme wieder die Kerze, während Carlos von hinten in mich eindringt. »Hast sie mir schön vorbereitet, mein Freund, doch Kathryns Hintertürchen ist einfach mehr nach meinem Geschmack«, stöhnt er und nimmt mich mit tiefen, festen Stößen. Er weiß genau, was ich möchte.

Ich drückte zwischenzeitlich wieder auf den Knopf der Elektro-Ringe, die heiße Flamme wie eine Warnung nur Zentimeter von dem zuckenden Glied entfernt.

Julian bäumt sich abermals auf und legt den Kopf in den Nacken. Der Anblick des hervortretenden Kehlkopfs weckt meine Lust aufs Neue. »Warte Carlos! Ich muss euch einfach beide spüren.«

Wieder setze ich mich auf Julians Schaft, während Carlos abermals zwischen den gespreizten Beinen seines Studienpartners Platz nimmt. Ich dirigiere ihn an die richtige Stelle. Schon gleitet er wieder in meinen Anus.

»Ahh!« Julian keucht auf, weil meine zitternden Hände Wachs auf seinen Bauch verschütten. Doch ich kann nicht stillhalten. Ich bin vollkommen ausgefüllt. Die zwei pressen und reiben sich in mir gegeneinander, nur getrennt durch einen schmalen Streifen Gewebe. Die Männer müssen sich gegenseitig fühlen können und ich spüre sie beide tief und fest in mir. Es ist, als ob ich gleich zerreiße. Doch der zarte Schmerz ist pure Lust, und das Wissen, Julian zu beherrschen, verwandelt diese Lust in rauschende Ekstase!

Carlos drückt mir plötzlich einen Vibrator an meine geschwollene Klit. Die Vibrationen setzen meinen Nerv in Schwingungen, die durch meinen ganzen Körper wandern. Schon spüre ich sie in mir zucken, diese jungen Studenten, die mir all das geben, was ich so dringend brauche. Und dann komme ich. Jede Stelle meines Unterleibs ist so sehr überreizt, dass sich alle Empfindungen miteinander vermischen und sich eine so gewaltige Spannung entlädt, als würde ein Blitz in mich einschlagen.

Die Kerze fällt mir aus der Hand und erlischt zum Glück, bevor sie auf der Matratze aufkommt. Meine Finger krallen sich in Julians Brust, und auch er schreit, als ich ihm dabei die Klammer abreiße.

Erschöpft rolle ich neben mein Opfer auf den Rücken und muss erst sehen, dass ich wieder zu Luft komme.

Noch nie ist es so gut gewesen wie dieses Mal. Sich an Julians wehrlosem Körper zu bedienen, wie es mir gefällt, hat mir unglaublich viel Lust bereitet! Noch immer außer Atem, starre ich ihn nachdenklich an. »Was sollen wir jetzt mit ihm machen?«

Doch Carlos ist schon dabei, Julian die Handschellen zu entfernen.

»Carlos, was tust du denn da! Lass uns erst überlegen, wie wir es am geschicktesten anstellen!«

Doch er hat die Fesseln schon gelöst. Julian wirft sich auf mich und drückt mir beide Handgelenke auf die Matratze. »Oh, mein Gott«, keuche ich, als ich in seine stahlblauen Augen blicke.

Sein Mund schießt zu meinem Hals und er haucht einen Kuss darauf, während er flüstert: »Alles Gute zum Geburtstag, Doktor!«

Überrascht und mit klopfendem Herzen schaue ich Julian an und kann nicht glauben, was er da sagt. Mein Blick wandert zu Carlos, der sich an einem Bettpfosten abgestützt hat und schelmisch grinst.

»Was? ...« Langsam begreife ich. »Es war alles eine abgekartete Sache?«

»Wir haben dich ein wenig an der Nase herumgeführt!« Carlos legt kameradschaftlich einen Arm um mich und drückt mich kurz.

»Wieso habt ihr das getan?« Zorn steigt in mir auf. Am liebsten hätte ich diesen Mistkerlen jetzt eine Ohrfeige verpasst!

»Wir wissen doch, wie gerne du wehrlose Männer benutzt. Um es für dich besonders geil zu machen, musste es doch möglichst glaubwürdig aussehen!«

»Kannst du dir vorstellen, wie verdammt nervös ich war?«, wirft Julian dazwischen. »Ich hoffe, der ganze Aufwand war es auch wert. Dein Sklave zu sein, war aber auf jeden Fall ein Genuss!«

Meine Wut löst sich langsam auf. Obwohl mir immer noch die Knie zittern, huscht ein Lächeln über meine Lippen.

»Ihr wolltet mich reinlegen?«

»Nein, wir wollten dir den Fick des Jahrtausends bescheren. Als Dank, weil du immer so gut zu uns bist!«

»Und, weil du heute Geburtstag hast!« Carlos verlässt schnell den Raum und kommt kurz darauf mit drei Gläsern und einer Flasche Sekt zurück.

Gemeinsam stoßen wir an. »Auf Dr. Kathryn Gardener! Die geilste Professorin der Welt!«

Ich blicke die beiden für einen kurzen Moment verwundert an, bevor ich in prustendes Gelächter ausbreche. »Auf euch, Jungs, und auf erfolgreiche Zusammenarbeit!«

»Aber nur, wenn ich nicht immer den devoten Part übernehmen muss«, lacht Julian, während ich die beiden Männer Richtung Dusche navigiere. Vielleicht können wir das Ganze gleich noch einmal wiederholen.

Weil ich ja heute Geburtstag habe ...

Beautiful Beast

»Ich bringe dich noch nach Hause, Clara«, sagt Dante, als wir das Kino verlassen. Er schenkt mir wieder diesen intensiven Blick, der mir die Hitze in die unteren Regionen treibt, doch ich weiß, dass er nichts von mir will. Seine silbergrauen Augen huschen über meinen Körper, den ich heute Abend extra in ein eng anliegendes Kleid gesteckt habe, um meine üppige Oberweite zu betonen, aber dann wendet er sich plötzlich ab. Ich frage mich schon lange, ob mein Arbeitskollege schwul ist, oder vielleicht bin ich nur nicht der Typ Frau, auf den er abfährt?

Aber dieser Mann ist genau meine Kragenweite, geht es mir heute schon zum x-ten Mal durch den Kopf. Verstohlen mustere ich sein Profil, wobei ich zu ihm aufsehen muss, so groß ist er. Dante hat eine gerade Nase, die allerdings einen Tick zu lang ist, doch das macht sein Gesicht nur interessanter. Die ewig verstrubbelten Haare hängen ihm in die Stirn, und am liebsten möchte ich sie ihm aus dem Gesicht streichen. Seine Lippen sind voll und sinnlich – richtige Kusslippen – , Dantes Wangenknochen stehen leicht hervor und geben ihm etwas Aristokratisches. Er ist einfach ein sehr schöner Mann, zumindest für meinen Geschmack.

Schon seit Ewigkeiten bin ich in Dante verliebt. Ich kann es immer noch nicht glauben, dass er mich heute ins Kino eingeladen hat. Außer ein paar zufälligen Berührungen ist allerdings nichts weiter passiert. Leider. Seine langen Beine fanden in der schmalen Sitzreihe kaum Platz, weshalb seine geöffneten Schenkel ständig gegen meine drückten. Er hat so männliche Beine, schlank und dennoch kraftvoll. Ich würde sie zu gerne einmal in kurzen Hosen sehen, doch Dante trägt auch an den heißesten Tagen ausschließlich lange Kleidung. Irgendwie ist er schon ein seltsamer Kerl, so geheimnisvoll, doch das fasziniert mich an ihm. Dante ist eben keiner dieser Einheits-Typen. Er ist etwas ganz Besonderes.

Wir schlendern durch die düsteren Gassen, Dante dicht an meiner Seite, so nah, dass ich seine Körperwärme fühlen kann. Die Nacht ist kalt und ich reibe mir über die nackten Arme.

»Du frierst«, stellt er fest und legt mir sein Jackett um. Sofort hüllen mich seine Hitze sowie ein unglaublicher Duft ein, der mir im Kino schon aufgefallen ist. Welches Aftershave er wohl benutzt? Ich muss es mir unbedingt kaufen, damit ich mein ganzes Bett damit tränken kann, um mich meinen erotischen Fantasien hinzugeben. Denn Dante ist der Mann meiner feuchten Träume.

Es ist schon sehr spät, beinahe nach Mitternacht. Ich habe keine Ahnung, warum Dante unbedingt in die Spätvorstellung wollte. Manchmal glaube ich, er scheut andere Menschen. Auch jetzt gehen wir nicht an der Hauptstraße entlang, wo der Verkehr um diese Uhrzeit noch rege ist, sondern laufen durch dunkle Nebengassen. Wohin sie führen, weiß ich nicht, doch mit Dante an meiner Seite gibt es keinen Grund sich zu fürchten – vielleicht ein bisschen, denn New York ist schließlich bekannt für seine Kriminalität.

Als könne er meine Gedanken lesen, fragt er plötzlich: »Hast du Angst?«

»Etwas unheimlich ist die Gegend schon«, gebe ich zu.

»Ich habe überhaupt nicht daran gedacht ... Ich bin es gewohnt, alleine spazieren zu gehen, entschuldige.«

Jetzt oder nie, denke ich, und greife nach seiner Hand. Sie ist groß und leicht behaart mit langen Fingern, doch Dante zieht sie augenblicklich zurück, als hätte er sich an mir verbrannt. »Nicht, Clara!«

Mein Innerstes krampft sich schmerzhaft zusammen. »Warum nicht?«

»Ich kann nicht«, sagt er ruhig und geht weiter, als ob nichts wäre.

Wie kann er immer nur so gelassen bleiben und keine Gefühlsregung zeigen? Ich verstehe diesen Mann einfach nicht. In einer Sekunde kommt es mir so vor, als würde er auch etwas für mich empfinden, doch sofort werden meine Hoffnungen zunichtegemacht. Aber heute möchte ich nicht locker lassen. Ich brauche endlich Gewissheit! »Kann es sein, dass du nur auf Männer stehst?«

Schlagartig dreht er mir den Kopf zu und greift in den Kragen seines dunklen Rollkragenpullovers, so als ob ihm dieser die Luft abschnüren würde. War da ein Funkeln in den silbergrauen Tiefen zu erkennen? Nein, wahrscheinlich hat sich nur das Licht einer Reklametafel in seinen Augen gespiegelt.

Also nicht schwul, denke ich mir, aber was dann? Ich sammle meinen ganzen Mut: »Gefalle ich dir nicht?«

Seine dichten Brauen ziehen sich zusammen, als er murmelt: »Du bist die wundervollste Frau, die ich kenne!«

Was hat er nur? Eine ansteckende Krankheit? Ist er vielleicht schüchtern? Wurde er einmal schwer enttäuscht? Ich schwebe jedoch wie auf Wolken, immerhin weiß ich nun, dass ihm etwas an mir liegt.

»Was hast du dann für ein Problem?«, fragte ich vorsichtig, wobei ich wieder nach seiner Hand greife.

Dieses Mal entzieht er sie mir nicht. Dante bleibt in einem schmalen Durchgang stehen, in dem es beinahe stockdunkel ist. Ich sehe kaum die Hand vor Augen. Aber seine Silhouette hebt sich leicht von der Umgebung ab. Er ist so groß, so beeindruckend. Ich gehe ihm gerade mal bis zum Kinn, obwohl ich nicht zu den kleinen Frauen gehöre.

»Es ist kompliziert«, flüstert er.

»Kompliziert?« Auch ich spreche nun sehr leise, denn ich kann Dantes Atem an meiner Stirn spüren. Er hat sich zu mir heruntergebeugt, fast so, als wolle er mich küssen.

»Ich liebe komplizierte Männer«, scherze ich. *Ich liebe Dich!*

In seine dunkle Stimme mischt sich ein seltsames Kratzen, als er meint: »Du würdest mich niemals lieben können.«

Oh, Dante, das tue ich doch längst!, möchte ich in die Nacht hinausschreien, als er mich plötzlich an sich drückt.

Noch bevor ich etwas erwidern kann, zischt er: »Pssst!«, und ich höre nur sein kräftiges Herz an meinem Ohr.

»Was ist denn?«, hauche ich. Bei mir stellen sich alle Haare auf. Irgendetwas stimmt nicht. Ich spüre, wie sich Dantes Körper versteift, jeder Muskel ist angespannt. Er hält mich im stählernen Griff und seine Hitze scheint mich zu verbrennen.

Sein Atem verfängt sich in meinem Haar. »Wir werden verfolgt.«

Angestrengt lausche ich in die Nacht, doch nur das Jaulen einer Katze und Straßenlärm dringen gedämpft an mein Ohr.

Blitzartig reißt Dante mich herum, sodass ich beinahe das Gleichgewicht verliere, und schirmt mich mit seinem breiten Rücken ab. Als ich an ihm vorbeiblicke, sehe ich sie: drei Gestalten, die aus den Schatten auf uns zukommen. Was sie in ihren Händen halten, lässt mein Blut gefrieren. Messer!

»Bleib hinter mir, Clara!« Dantes Stimme hört sich wie ein Knurren an.

»Oho! Der große Beschützer!«, tönt es spöttisch. Ein anderer lacht. Es sind junge Stimmen, wahrscheinlich Jugendliche. »Geld her, aber sofort!«

Ohne zu zögern greift Dante in seine Jacke, die ich trage, um einem Gauner sein Portemonnaie zuzuwerfen. Dabei streift er kurz meine Brust und mein Nippel stellt sich auf. Dann geht alles sehr schnell: Zwei Täter packen Dante, der dritte zerrt mich hinter ihm hervor.

»Na, mein Mädchen, was hast du uns zu bieten?«

»Lasst sie in Ruhe!«, faucht Dante, der sofort eine Faust in den Magen bekommt. Er geht in die Knie, doch gleich springt er wieder auf.

Wieso wehrst du dich nicht?, frage ich mich. Seiner Statur nach zu urteilen, hätte er allemal Chancen, zumindest gegen einen von ihnen.

»Und jetzt deine Uhr!«, fordert einer von den Jugendlichen in einem forschen Ton, doch Dante geht nicht darauf ein.

Sein Blick sucht mich. »Clara, geht es dir gut?«

»Ich bin in Ordnung«, schniefe ich und ziehe sein Jackett mit beiden Händen enger um mich.

»Was ist nun mit der Uhr?«

Erst jetzt reagiert Dante auf seine Worte: »Sie ist ein Erbstück und hat bestimmt keinen Wert für euch.«

Ein junger Mann versucht jedoch, ihm die Armbanduhr abzunehmen und stößt einen Fluch aus, als Dante den Arm hochreißt und der Räuber die Uhr nicht erreichen kann. Sofort rammt der junge Mann ihm seine Klinge in den Bauch.

»Nein! Oh Gott, nein! Dante!«, schreie ich, doch mir wird sofort der Mund zugehalten und die Handtasche entrissen. Mein Herz hämmert gegen die Rippen, meine Sicht verschwimmt und mein Magen krampft sich zusammen. Warum hat der Mann das getan? Dante hat ihn nicht einmal angegriffen!

Dante bricht stöhnend zusammen. Gott, nein! Nimm ihn mir nicht jetzt, wo wir uns endlich nähergekommen sind!, denke ich verzweifelt, wobei auch meine Beine nachgeben.

Der korpulente junge Mann reißt mir die Jacke vom Körper und drückt mich gegen die kalte Hauswand, doch ich bin wie erstarrt, kann nur auf Dante blicken, der auf dem Boden liegt und sich vor Schmerzen krümmt. Er braucht Hilfe, schießt es mir durch den Kopf. Er wird verbluten!

Erst jetzt spüre ich sie, die Hand, die mein Kleid aufreißt, während ein anderer Gangster in meiner Tasche wühlt. Kalte Finger fahren in meinen BH und greifen an meine nackte Brust. Panisch wird mir bewusst, dass mir nun niemand mehr helfen kann und dass ich alleine bin mit diesen skrupellosen Banditen.

»Na, Süße, und wo hast du deinen Schmuck versteckt?« Selbst im schwachen Licht erkenne ich sein schmieriges Grinsen, worauf mir Magensäure aufstößt.

Er grapscht an mir herum, fährt über meinen ganzen Körper, doch er wird nichts finden. Ich trage keinen Schmuck.

»In ihrer Tasche hat sie nichts«, sagt ein anderer. »Sieh mal zwischen ihren Beinen nach, wahrscheinlich hat sie da ihre Klunker hängen!« Bösartiges Gelächter dringt an mein Ohr, doch ich nehme das alles nur noch wie durch einen Nebelschleier wahr.

Der Mann drückt mich hart auf den Boden, zerrt an meinem Kleid, doch mein Geist hat meinen Körper längst verlassen. In Gedanken bin ich bei Dante. Lieber Gott, lass ihn nicht sterben!

Ein animalisches, lautes Knurren rüttelt mich auf. Über mir steht eine große Gestalt mit einem raubtierähnlichen Gesicht, die den Kerl von mir herunterreißt. Der Unbekannte faucht wie ein Puma und zerschneidet mit langen Krallen das Sweatshirt des Gangsters, bis dieser aufschreit und flieht. Die anderen Männer haben das Schauspiel gebannt verfolgt, rennen jedoch um ihr Leben, als die katzenhafte Person auf sie zuspringt.

Der Fremde hat verdammt gute Reflexe, er scheint unbeherrscht und sehr gefährlich zu sein, doch ich fürchte mich nicht vor ihm. Schwer atmend steht er vor mir und blickt mich seltsam an. Selbst im schwachen Licht einer alten Glühbirne, die über einem Hauseingang schaukelt, erkenne ich seine Pupillen. Sie sind zu schmalen Schlitzen verengt. Noch bevor ich dieses seltsame Ungeheuer näher in Augenschein nehmen kann, wendet es sich ab.

Mit zitternden Knien raffe ich mich auf und rufe »Warte!«, worauf er tatsächlich verharrt. Als ich näherkomme, erkenne ich die Kleidung – Dantes Rollkragenpullover ... *Er* ist dieses Mischwesen! Plötzlich wird mir vieles klar: Er ist weder schwul noch schüchtern, sondern ein Geächteter.

»Du musst ins Krankenhaus!«, flüstere ich.

Der Pullover ist ihm viel zu klein, die Nähte scheinen jeden Augenblick zu platzen, so sehr sind die Muskeln unter dem Stoff angeschwollen.

»Ich bin kein normaler Mann, Clara«, schnaubt er. »Sie werden mich ausstellen wie eine Jahrmarktsattraktion.«

»Aber ...«

»Geh, bevor sie dich zusammen mit mir sehen!«, faucht er.

Dante braucht mir nicht zu erklären, dass er ein Gestaltwandler ist. Ich weiß, dass die Regierung diese Geschöpfe jagt, sie einsperrt und für Experimente missbraucht. Zu lange schon verfolge ich das traurige Schicksal dieser Menschen, die durch eine Laune der Evolution zu einer ganz besonderen Spezies mutierten.

Sein Pulli hat sich dunkel verfärbt und ist feucht. »Ist das dein Blut?« Er atmet heftig, seine Nasenflügel blähen sich. Zum ersten Mal betrachte ich ihn richtig. Herrje, er sieht aus wie ein wild gewordenes Tier! Seine struppigen Haare gleichen plötzlich einer Raubtiermähne, seine Mundwinkel sind nach oben gezogen und entblößen Zähne, die spitzer und länger sind als gewöhnlich. Ich frage mich, ob sie im nicht verwandelten Zustand auch so scharf sind und ob er deshalb nie lacht ...

Dante steht wie angewurzelt vor mir und starrt auf den Boden. Ich kann sein Gesicht nicht sehen, weil mir seine Haare den Blick versperren. Die Hände hat er hinter seinem Rücken versteckt. Doch ich habe sie längst erblickt, seine Krallen. Wie Rasiermesser haben sie durch die Kleidung meines Peinigers geschnitten. »Geh schon, Clara! Ich bin ein gefährlicher Mann.«

»*Das* ...«, ich deute auf die Stelle, wo er das Messer in den Körper gerammt bekommen hat, »waren gefährliche Männer. *Du* hast mich *beschützt*!«

Er sieht mich immer noch nicht an, also gehe ich auf ihn zu. Am liebsten möchte ich ihn küssen, doch als mein Mund sich seinen Lippen nähert, drückt er mich von sich. »Das können wir nicht tun! Ich würde dich nur verletzen.«

Er presst eine Hand gegen den blutbefleckten Stoff. Seine Krallen sind verschwunden. Ich sehe die hübschen Männerhände, doch es bleibt keine Zeit, sich an ihrem Anblick zu erfreuen. Dante braucht Hilfe.

Also machen wir uns auf den Weg zu ihm nach Hause, damit ich ihn verarzten kann. Permanent versucht er, mich zu überreden, ihn alleine zu lassen, doch so einfach wird er mich nicht los.

Langsam verwandelt er sich zurück, Stück für Stück. Sein Oberteil ist wieder weiter geworden, obwohl die Muskeln darunter immer noch sehr beachtlich sind. Auch seine Gesichtszüge sind nicht mehr verzerrt. Das Einzige, was auf seine Identität von eben schließen lässt, sind seine Pupillen. Sie sind weiterhin zu Schlitzen verengt. Ständig schielt er zu mir herüber und scheint dabei mit seinen Instinkten zu kämpfen. Dante wirkt animalisch und gefährlich, doch er ist atemberaubend attraktiv.

Als wir bei seiner Wohnung ankommen und ich ihn hineinschiebe, muss ich einfach über seinen muskulösen Oberkörper streicheln.

Knurrend weicht er vor mir in den dunklen Flur zurück. »Geh, Clara, in diesem Zustand bin ich unberechenbar. Ich habe mich kaum unter Kontrolle!«

Ich tue jedoch so, als hätte ich ihn nicht gehört. Abermals faucht er und nimmt auf seiner Couch Platz, während ich Licht mache und ins Badezimmer gehe, wo ich das Verbandsmaterial suche. Dante besitzt eine geschmackvoll eingerichtete Wohnung. Alles wirkt hell und freundlich und wenig überladen. Sehr maskulin. Es fehlt nur die weibliche Hand, geht mir durch den Kopf. Ein paar Bilder an den Wänden würden nicht schaden.

Als ich zurückkomme, hat Dante den Pullover ausgezogen, und der Anblick seines nackten Oberkörpers haut mich fast um. Nicht, weil ich kein Blut sehen kann – nein, die Wunde ist winzig – sondern weil er so verdammt gut aussieht. Dicke Muskelstränge wölben sich unter seinen Brustwarzen, und sein breiter Brustkorb würde zum Anlehnen einladen, wenn das Blut nicht wäre.

Fasziniert blicke ich auf seine Wunde am Bauch. Vor meinen Augen verheilt sie. Mit halb geöffnetem Mund starre ich darauf. Sein restlicher Körper ist mit Narben übersäht.

»Ich muss mir das Blut abwaschen«, knurrt Dante. »Der Geruch macht mich aggressiv.« Schon geht er in Richtung Badezimmer, wobei er sich die Hose aufknöpft. »Sieh zu, dass du weg bist, bevor ich aus der Dusche komme. Ruf dir ein Taxi!«

»Nein, ich bleibe«, beharre ich und folge ihm.

An der Tür bleibt er stehen und dreht sich zu mir um. »Willst du mich erforschen und dann die Behörden informieren?«

»Warum sollte ich das tun?«

»Ich bin interessant geworden.«

»Du warst schon vorher für mich interessant. Ich mag dich – sehr sogar ...«

Bei diesen Worten weicht er zurück, als hätte ich ihn geschlagen. »Tu das lieber nicht! Ich bin ein Biest, eine Ausgeburt der Hölle! So etwas kann niemand mögen.« Damit knallt er mir die Badezimmertür vor der Nase zu.

Ich schlucke meine Tränen hinunter und folge ihm, ohne zu zögern, ins Bad. Es ist nicht abgesperrt. Gerade sehe ich noch seine attraktive Rückseite, bevor er in die Kabine steigt und das Wasser andreht. Wie gebannt blicke ich auf die festen Pobacken und die schmalen Hüften. V-förmig verbreitert sich sein Rücken nach oben hin zu den ausladenden Schultern. Auch seine Beine sind genau so, wie ich sie mir vorgestellt habe: lang und kräftig. Bevor das Wasser an seinen Schenkeln hinabläuft, erkenne ich, dass auch sie mit Narben überzogen sind.

Dante scheint zu spüren, dass ich ihn beobachte. »Verschwinde endlich!«, fährt er mich an und dreht sich dazu um.

Oh mein Gott! Ich sehe seine gesamte Vorderansicht. Langsam schüttele ich den Kopf.

»Ich begehre dich und ich kann mich nicht mehr lange zügeln!«, stößt er zwischen zusammengepressten Zähnen hervor.

Das Wasser ergießt sich über die Muskelstränge an seinen Schultern und Armen, und läuft über den flachen Bauch zu seiner Leibesmitte. Sein Penis ragt steil nach oben, hart und wahnsinnig lang. Ich erkenne Schaumreste in seinem Schamhaar, die Dante bereits abspült. Dabei reibt er immer wieder über seinen gewaltigen Ständer.

Ich habe das Gefühl, dass er jeden Moment auf mich zustürzen möchte und weiche einen Schritt zurück. Da löst sich ein Laut aus seiner Brust, der sich beinahe wie das Jaulen eines Wolfes anhört. Er dreht sich um und kauert sich in die Ecke der Duschkabine. »Nun geh schon!«

Ich nehme ein Handtuch, gehe langsam auf ihn zu, drehe das Wasser ab und lege ihm den dicken Stoff um die Schultern. Dabei bemerke ich die lange Narbe an seinem Hals.

Plötzlich kommt er hoch, packt meine Oberarme und drückt mich auf den weichen Badezimmerteppich. »Ich werde nicht sehr zärtlich mit dir umgehen, Clara!«, warnt er mich mit funkelnden Augen und starrt meine Brüste an, die sich rasch heben und senken. Aufreizend schaut mein schwarzer Spitzen-BH über das eingerissene Kleid. »Ich werde dich nehmen, wild und hemmungslos, und du wirst nichts, aber auch gar nichts, dagegen unternehmen können!«

Ich kann nur atemlos in sein schönes Gesicht blicken, das jetzt nichts Sanftes mehr hat.

»Deine letzte Chance!«, knurrt er, wobei sich seine Härte gegen meine Mitte presst. Er zögert nicht lange und zerrt mir den dünnen Stoff mit einem einzigen Ruck vom Körper. Seine heiße, dampfende Haut legt sich auf die meine, und Dantes Gewicht raubt mir den Atem. »Du hättest gehen sollen!«

Für einen kurzen Moment frage ich mich, ob es nicht klüger gewesen wäre, auf ihn zu hören ...

Seine Pupillen sind noch immer zu Schlitzen verengt. Wild stößt er seine Zunge in meinen Mund und sie nimmt heiß und feucht von mir Besitz. Dantes Kuss ist gewaltsam und unnachgiebig. Sein enormer Schaft drückt sich gegen die dünne Seide meines Höschens, so als wolle er sie durchstoßen. Mit einem Fauchen reißt er es mir von den Hüften. Nun gibt es nichts mehr zwischen uns, keine Barrieren! Nur noch Dante und mich auf dem Badezimmerteppich.

So habe ich mir unser erstes Mal nicht vorgestellt, aber Dante ist in seiner Wildheit unglaublich sexy. Ich bin mehr als bereit, seine volle Länge in mich aufzunehmen.

Als ob er meine Lust riechen könnte, wandert sein Gesicht an mir herab. Er spreizt meine Beine und hält sie weit auseinander, bevor er die Lippen auf meine Öffnung presst, aus der mein Saft bereits herausläuft. Sein heißer Atem an meiner Spalte und seine raue Zunge schicken Blitze durch meinen Körper. Das Pochen an meiner Scham wird zu einem heftigen Klopfen, während Dante von mir kostet und mich mit flinken Zungenschlägen quält.

Ich höre ihn knurren, spüre sein erregtes Schnauben und weiß, dass er sich nicht mehr lange zurückhalten kann. Aber mir ergeht es nicht anders. Meine Finger wühlen durch sein Haar, als er plötzlich mit seinen Raubtieraugen zu mir aufschaut. Himmel, er sieht atemberaubend aus in seiner Wildheit!, denke ich.

Dante kniet sich zwischen meine Schenkel und ist dabei, sie noch ein Stück weiter zu spreizen. Dabei bewundere ich sein Sixpack. Hektisch bewegt sich sein Bauch, mein animalischer Liebhaber scheint wie von Sinnen. Sein Blick ist glasig und auf meine Schamlippen gerichtet, die sich ihm dunkelrot und geschwollen präsentieren, schutzlos und weit geöffnet. Mit einer Hand umgreift er seinen Schaft und zieht die Haut noch ein Stück zurück, sodass seine wulstige Eichel vollkommen freiliegt. Sie glänzt purpurn und aus der geschlitzten Öffnung quellen bereits die ersten Tropfen.

Dante kommt über mich, schenkt mir einen wilden, heißen Blick, der mich zum Kochen bringt, und umfasst meine Hüften.

Ohne Vorwarnung durchbricht er die erste Enge und treibt seine enorme Härte in mich, füllt mich voll aus. Die Wände meiner Vagina werden gedehnt und greifen zugleich nach seinem Schwanz, um ihn zu melken.

Genau wie zuvor zwingt Dante seine Lippen auf meinen Mund, raubt mir mit der Intensität des Kusses den Atem. Seine großen Hände pressen meinen Körper an sich, so als ob er in mir versinken möchte. Er ist so gewaltig und leidenschaftlich.

Ich bekomme kaum noch Luft, und bevor ich glaube zu ersticken, gibt er meinen Mund frei. Doch seine Lippen erobern mich weiter, fahren an meinem Hals herab und finden meine Brustwarzen. Auch mit ihnen geht er nicht zimperlich um. Fest saugt er sie in seinen warmen Mund, wo er sie mit den Zähnen anknabbert, ohne sie zu verletzen.

Mir entkommt ein Schrei, so sehr bringen mich diese aufregenden Berührungen in Fahrt. Dante lässt trotz seines Rausches von mir ab, blickt bestürzt zu mir auf, doch ich gebe ihm zu verstehen, dass ich seine Wildheit genieße und drücke seinen Kopf wieder an meinen Busen.

Daraufhin packt er meine Pobacken, zieht mich an sich und schiebt sich noch weiter hinein, spießt mich beinahe auf. Ganz tief in mir berührt er einen empfindsamen Punkt, worauf sich meine Scheide um seinen geschwollenen Schaft krampft. Mein Höhepunkt ist spontan und so gewaltig, dass mir kurz schwarz vor Augen wird. Meine Fingernägel krallen sich in Dantes Fleisch, und mit einem lustvollen Aufknurren explodiert er in mir. Gemeinsam surfen wir auf einer gigantischen Welle der Ekstase, die nur langsam auf das Ufer zurollt. Erhitzt und außer Atem genießen wir das Rollen der Brandung, das Nachglühen unseres wilden Spiels. Dante liegt mit zitterndem Körper auf mir. Ich spüre sein Glied, das immer noch in mir steckt und zuckt, jedoch langsam an Härte verliert.

Er hebt den Kopf und seine Augen erstrahlen wieder in ihrem wunderschönen Silbergrau und diesmal schimmern sie feucht.

»Habe ich dir wehgetan?«, fragt er.

Zu erschöpft, um etwas zu erwidern, schüttele ich den Kopf.

Mit einer Sanftheit, die im totalen Gegensatz zu dem steht, was er gerade mit mir getrieben hat, nimmt er mich in die Arme und trägt meinen ermatteten Körper in sein Schlafzimmer, wo er mich auf seinem Bett ablegt. »Clara, es tut mir leid, ich ... kann das nicht steuern!«, sagt er, während er sich neben mir auf die Matratze kniet. Seine Hände gleiten fahrig über meinen Körper, so als ob er nach Verletzungen sucht.

Als ich endlich meine Sprache wiederfinde, ziehe ich ihn in meine Arme und hauche: »Diese wilde Seite ist mir viel lieber als deine Gefühlskälte.«

»Ich bin nicht gefühlskalt«, flüstert er und streicht mir eine Strähne aus dem Gesicht. »Ich versuche nur, meine Emotionen zu kontrollieren. Bei Aufregung oder Erregung kommt sonst das Tier in mir zum Vorschein.«

»Ich liebe das Tier in dir.« Völlig unbedacht sind mir diese Worte entschlüpft. Sofort werde ich rot um die Nase. Ich hatte noch nie so hemmungslosen Sex und es war fantastisch!

»Wenn du wüsstest, wie lange ich mich schon nach dir sehne«, gesteht er und fährt mit einem Finger die Konturen meines Mundes nach. Er wirkt bedrückt. »Aber wir können nicht zusammenbleiben. Ich habe zu große Angst, dich zu verletzen.«

»Du müsstest lernen, es zu steuern.«

»Was weißt du schon!«, faucht er mich an und rollt sich auf die Seite. Mit einem Arm verdeckt er seine Augen, flüstert: »Tut mir leid.« Sofort wirkt er beherrscht. »Ich probiere es schon lange.«

»Die Narben ... wie ist das passiert?«, frage ich vorsichtig, während ich über seinen flachen Bauch streichle.

»In meiner Wut und Frustration habe ich sie mir selber zugefügt.«

»Warum warst du wütend und frustriert?«, frage ich, obwohl ich die Antwort bereits kenne.

»Weil ich nicht normal bin. Und weil ich niemals ein Leben mit Frau und Kindern haben kann ...«, seufzt er und rollt sich auf den Bauch.

Wärme breitet sich in der Region meines Herzens aus. Zu gerne möchte ich die Frau an seiner Seite sein, um ihm die Kinder zu schenken, die er sich so wünscht.

»Wir schaffen das«, flüstere ich ihm ins Ohr, wobei ich mich an seinen heißen Rücken schmiege.

»Was hast du vor?« Dante keucht auf, als ich ihm von hinten zwischen die Beine fahre und seine Hoden streife.

»Ich teste, wie weit ich gehen kann, bevor deine Verwandlung einsetzt.«

»Das ist nicht klug von dir, Clara!«, windet er sich und dreht sich herum. Erfreut bemerke ich, dass sich zwischen seinen

Beinen bereits wieder etwas regt.

Dante leistet jedoch keinen Widerstand, als ich meine Zunge um seine Brustwarzen kreisen lasse. Er schließt die Augen und atmet heftig.

»Konzentriere dich, versuche das Tier in dir zurückzudrängen und trotzdem meine Berührungen zu genießen.« Mit sanften Bissen necke ich die weiche Haut an seinem festen Bauch, unter der sich seine Muskeln rhythmisch anspannen.

»Clara, du begibst dich in gefährliches Terrain«, schnauft er, als ich das Nest aus krausem Haar erreiche. Sein Schaft hat sich zu voller Größe aufgerichtet und zuckt, als ich meine Zunge gegen die Spitze stoße.

Ganz langsam stülpe ich meinen Mund über seine dicke Eichel. Ich kann meinen Saft auf ihm schmecken, doch es dringen auch seine salzigen Tröpfchen aus dem kleinen Loch.

Sofort dreht er mich auf den Rücken und presst seinen gestählten Körper auf mich. Die Pupillen haben sich wieder zu Schlitzen verengt und seine stahlharte Erektion verlangt Einlass. »Und was ist, wenn wir Kinder bekommen und sie genauso werden wie ich?«

»Dann werde ich sie genauso sehr lieben wie dich!«

»Du glaubst nicht, wie glücklich du mich machst«, flüstert er, als er mit einem festen Stoß in mich eindringt und mich unaufhaltsam dem nächsten Höhepunkt entgegentreibt.

Lustmassage

»Endlich Feierabend!« Ramona stemmte die Hände in die Hüften und bog ihren Rücken durch. »Mir tun sämtliche Muskeln weh!«

Gregory, der gerade ein paar Handtücher in eine Tonne warf, schlenderte zu ihr hinüber. »Ich weiß gar nicht, was ich heute ohne dich gemacht hätte. Danke, dass du für Peter eingesprungen bist.«

»Ach«, meinte sie, wobei sie sich eine Haarsträhne aus dem Gesicht strich, »das war eine willkommene, wenn auch sehr anstrengende, Abwechslung. Peter wird schließlich nicht jeden Tag Vater.«

Gregory nickte ihr zu und versuchte nicht zu offensichtlich auf ihren riesigen Busen zu blicken. »Weißt du was, ich schließe schnell die Praxis ab, schalte die Geräte aus und massiere dich sozusagen als Belohnung!«

Ramonas Augen begannen zu leuchten. »Das wäre großartig!« Doch dann besann sie sich und schob ihn am Rücken aus dem Raum. »Nein, du hast heute schon den ganzen Tag massiert, außerdem ist es spät und du wirst schließlich zuhause erwartet ...«

»Keine Widerrede!« Gregory blieb abrupt stehen und drehte sich zu ihr um, sodass ihre Hände plötzlich auf seiner Brust lagen. »Du hast ununterbrochen alle möglichen Therapien angewendet an diesem Höllentag. Du hast es dir mehr als verdient.«

Sie schenkte ihm ein Lächeln, das ihm wieder einmal ins Bewusstsein rief, welch sinnliche Lippen diese Frau doch besaß. Dabei fuhren ihre Hände für einen kaum wahrnehmbaren Augenblick über seine Brustwarzen, die sich unter dem Stoff sofort versteiften. Eine angenehme Gänsehaut breitete sich auf seinem Körper aus. Das Prickeln, das plötzlich wie ein elektrisierendes Leuchten zwischen ihnen lag, schien das kleine Zimmer noch mehr zu erhellen.

»Na dann ...« Vor seinen Augen zog Ramona sich das Oberteil über den Kopf. Ihre Brüste lagen wie zwei überdimensionale Orangen in den spitzenbesetzten BH-Körbchen, dessen Nähte unter der zu tragenden Masse aufzuplatzen drohten. In Gregs Lenden begann es zu kribbeln.

Schnell wendete er sich ab und marschierte mit großen Schritten in den Vorraum, wo er die Haupttür abschloss, die Lichter löschte und den Computer herunterfuhr.

Dann ging er in das hintere Behandlungszimmer zurück. Dort lag Ramona schon lang ausgestreckt auf einer Liege. Ihre splitternackte Üppigkeit ließ ihn die Anstrengungen des Tages schlagartig vergessen. Dieses Luder!

Ramona, die ihn anscheinend kommen gehört hatte, drehte den Kopf in seine Richtung. Ihre Mundwinkel hoben sich schelmisch. »Ich hätte gerne das volle Programm! Wenn schon, denn schon.«

Gregorys Penis regte sich. Sein Wonnespender wusste genau, was für ein verlockendes Angebot sie ihm gerade machte. Sollte er wirklich? Hier in der Praxis?

Während er ihr das angewärmte Öl auf den Rücken träufelte, bewunderte er die ausgeprägten Rundungen ihres Körpers.

Die Schwangerschaft, die schon einige Jahre zurücklag, hatten sie weicher und noch weiblicher werden lassen. Ramona war keine dieser Katalogschönheiten, doch eine Frau mit Stil und Ausstrahlung. Das gefiel ihm.

¤ ¤ ¤

Ramona schloss die Augen, als Gregorys warme, starke Hände ihren Rücken entlangfuhren, um das Öl gleichmäßig zu verteilen. Jetzt kannte sie diesen Mann schon so lange, doch noch immer konnte sie sich nicht an den muskulösen Oberarmen und der breiten Brust, über die sich das weiße Shirt straffte, sattsehen. Mehrmals hatte sie ihm heute heimliche Blicke zugeworfen und ihn dabei bewundert, mit welch geschmeidigen Bewegungen und geübten Handgriffen er die Kunden bedient hatte. Greg bestand nur aus sehnigen Kraftpaketen. Besonders der feste Hintern war ihr Lieblings-Hingucker.

Sie wusste, dass sie mit ihren drallen Formen das genaue Gegenstück zu ihm war, doch sie schämte sich ihrer Figur nicht. Ramona hatte schon immer ein unbefangenes Verhältnis zu sich gehabt und die Geburt ihrer Tochter hatte sie noch selbstbewusster werden lassen.

Während Gregory begann, ihren Rücken fest durchzukneten, unterdrückte sie mit Mühe ein Stöhnen. »Das könnte ich öfter vertragen«, schnurrte sie.

¤ ¤ ¤

Ich könnte jetzt etwas ganz anderes vertragen, dachte Gregory, der nach einer Körperöffnung lechzte, die er lange nicht mehr erforscht hatte. Dabei wanderten seine Hände immer tiefer, bis sie die gewaltigen, melonenförmigen Hügel durchkneteten, die sich ihm so offenherzig präsentierten. Aber Ramonas Arsch war für ihn noch interessanter als ihre prallen Brüste. Die hauchdünne Hose, die sie vorhin getragen hatte, enthüllte mehr als sie verdeckte. Zumindest war für jedermann der schmale Streifen des String-Tangas deutlich sichtbar gewesen. Es hatte ihm absolut nicht gefallen, wie ihr die männlichen Patienten auf den Po gestarrt hatten. Vielleicht sollte er diesem Prachthintern eine Lektion im Gehorsam erteilen?!

Ohne sein Zutun spreizte Ramona etwas die Schenkel, sodass die dunklen Löckchen freigelegt wurden. Doch diese Stelle erregte nicht seine Aufmerksamkeit, sondern jene runzlige, rosettenförmige Öffnung, die sich ihm immer kurz zeigte, wenn er die weichen Backen ein Stück auseinanderzog.

¤ ¤ ¤

Ramona konnte sich ausmalen, was Gregorys geschickte Finger vorhatten. Bei jeder Bewegung fuhren sie ein Stück mehr in die Spalte, die mittlerweile vor Öl nur so triefte. Seine Hände gingen offensiv und ohne Scheu ans Werk, verirrten sich immer tiefer in dem Tal und neckten schließlich den engen Eingang. Sie liebte es, wenn ihr Gesäß durchgeknetet wurde. Es erregte sie so sehr, dass bereits die Feuchtigkeit aus ihr herauslief.

Jetzt machte sich Gregory an den Innenseiten ihrer Schenkel zu schaffen. Die kräftigen Hände massierten gnadenlos ihr üppiges Fleisch. Dann kam er wieder höher, stellte sich vor sie und bearbeitete die Verspannung in ihrem Nacken. Dabei entging Ramona nicht die große Beule in Gregorys Schritt.

Ehe er wusste, was mit ihm geschah, hatte ihm Ramona mit einer Hand die Hose geöffnet, die ihm sofort bis zu den Knien rutschte. Sein Ständer wurde zutage gefördert und kräftig durchgerieben.

»Ramona ...« Als sie ihn in den Mund nahm, blieben ihm die weiteren Worte im Hals stecken. Er wollte ihr sagen, dass sie es nicht hier in der Praxis machen konnten – doch warum sollte er sich dagegen wehren? Sein letztes Mal lag schon viel zu lange zurück. Zuhause bewirkte der anstrengende Alltag, dass seine Frau und er oft keine Lust mehr aufeinander hatten.

Aber hier und jetzt gab es nur Ramona und ihn. Er wusste, dass sie es ebenso sehr brauchte wie er und das machte ihn scharf. Er war lange nicht mehr so extrem erregt gewesen.

Ramona wusste anscheinend genau, wie sie ihn zu bearbeiten hatte, denn ihre flinke Zunge und das rhythmische Saugen und Kneten brachten ihn dazu, dass er seine Wollust beinahe in ihren Mund entleert hätte. Gerade noch rechtzeitig zog er sich zurück, worauf sie leicht protestierte.

»Du hast einen schönen Schwanz«, hauchte sie verführerisch. Der Augenaufschlag, dem sie ihm dabei schenkte, war der einer Konkubine.

Das war zu viel für ihn. Schuhe und Hosen von den Füßen schleudernd, umfasste er ihre Hüften und zog sie schräg von der Liege, sodass sie nur noch mit dem Oberkörper darauf lag.

Er hörte Ramona stöhnen, als sich seine Härte gegen ihren öligen After presste. Gregorys Hand wanderte um sie herum, teilte die geschwollenen Schamlippen und suchte den kleinen Knubbel. Doch er wollte mehr ... Er wollte *alles* von dieser Frau spüren und sehen!

»Dreh dich auf den Rücken«, befahl er ihr rau.

Sie kam seinem Wunsch sofort nach. Wie gebannt wanderte sein Blick von den mächtigen Brüsten mit den ausladenden Warzenhöfen hinunter zu dem riesigen Venushügel, auf dem die Feuchtigkeit bereits einladend glitzerte.

Nachdem Greg ihre Schenkel auf seinen Schultern abgelegt hatte, glitt er mit einem öligen Finger in die runzelige, zuckende Öffnung, die er gleich erobern wollte.

¤ ¤ ¤

Ein Beben ging durch ihren Körper. Wann hatte sie sich das

letzte Mal so stark begehrt gefühlt?! Ramona beobachtete den Mann zwischen ihren Beinen, der sie mit glasigen Augen taxierte. Mit einer Hand massierte er eine Brust, mit der anderen umfasste er seine Erektion, die er immer wieder durch ihre feuchte Spalte wandern ließ. Sie spürte, wie sehr Gregory sie begehrte – und das tat verdammt gut! Verträumt verfolgte sie das Spiel seiner Brustmuskeln. Schweiß glänzte auf seiner Stirn und sie bemerkte die ersten grauen Haare an seinen Schläfen, die ihn noch interessanter für sie machten.

Plötzlich glitt sein Ständer in Ramona. Ein Schrei entkam ihrer trockenen Kehle, als sie fühlte, wie er den Schließmuskel dehnte. Das angenehme Brennen fraß sich wie ein Lauffeuer durch ihre Nervenbahnen, während Gregory sich immer tiefer in sie schob. Sie hatte das Gefühl zu zerreißen, doch im selben Moment pochte und pulsierte es lustvoll in ihr.

¤ ¤ ¤

»Diese Spezialbehandlung bekommen nur meine VIP-Patienten«, sagte er heiser. Dieses dralle Weib war so verdammt eng, dass Gregory spürte, wie die ersten Vorboten einer gewaltigen Eruption an die Oberfläche traten.

Er keuchte: »Deinen Arsch hab ich mir heute redlich verdient!«, und rieb über die harte Perle, die sie ihm so schamlos darbot.

»Mr Boulton hätte sicher auch nicht Nein gesagt«, meinte sie außer Atem.

»Dieser Lustmolch!«, knurrte er. »Ich hab schon gesehen, wie du ständig vor ihm herumscharwenzelt bist.« Er bestrafte sie mit einem besonders festen Hieb für diese Dreistigkeit. »Ich dulde es nicht, dass du meine Kunden so verwirrst!«

Seine Stöße setzten sich wellenartig auf ihrem Bauch und den voluminösen Brüsten fort. Ramona bog sich ihm entgegen.

Ihr üppiges Dekolleté hob sich in immer kürzeren Abständen und rote Flecken überzogen ihr Gesicht, weshalb er wusste, dass sie genauso kurz vor einem Ausbruch stand wie er selbst. Das Ziehen in den Hoden, die unentwegt gegen ihre Pobacken klatschten, steigerte sich kontinuierlich, bis er den Höhepunkt nicht mehr länger hinauszögern konnte.

Jetzt verpasse ich diesem Luder den verdienten Einlauf!, dachte er. Immer wieder entleerte er sich zuckend in sie und verströmte die heiße Lava, die sich schon seit Tagen in ihm angestaut hatte, während Ramona von Ekstase geschüttelt schrie, dass ihre Berge bebten.

¤ ¤ ¤

Als Ramona von der Toilette zurückkam, erwartete Gregory sie an der Tür. Einen kurzen Moment wollte sie diesen seltenen Augenblick noch genießen, bevor der Alltag sie wieder einholte. So legte sie ihren Kopf gegen seine warme Brust und schloss die Augen. Seine Lippen drückten ihr einen zärtlichen Kuss auf die Stirn, bevor er sagte: »Komm, Darling, gehen wir nach Hause. Julia und Grandma werden sicher mit dem Abendessen auf uns warten.«

Ramona seufzte auf. »Du solltest Peter für den Rest der Woche freigeben. Wenn deine Bezahlung immer so freizügig ist, nehme ich die Anstrengung gerne noch ein Weilchen auf mich.«

Gregory grinste. »So lange ich Peter nicht auf dieselbe Weise entlohnen muss ...«

Gefangen

Megan stöhnte. Die Welt um sie herum war dunkel und pulsierte. Ihr Kiefergelenk schmerzte, ihr Mund fühlte sich staubtrocken an. *Ein Knebel …* Nur langsam fand sie in die Realität zurück, wobei Erinnerungsfetzen an ihrem geistigen Auge vorbeizogen. *Gefangen …*, schoss es ihr durch den Kopf. *Sie haben mich erwischt!*

Schon seit Monaten waren Meg und ihre Kollegen von der Sondereinsatztruppe einem Mädchenhändlerring auf den Fersen. Waren diese Leute für ihren Zustand verantwortlich? Meg sammelte ihre Konzentration. *Was ist passiert? Ich wollte einen Sender an dem LKW anbringen und plötzlich wurde mir schwarz vor Augen.*

»Wow, geiler Arsch!«, hörte sie auf einmal eine unbekannte Männerstimme neben sich, die sie zusammenzucken ließ. »Echt schade drum. Die hätte uns bestimmt `ne Menge Geld eingebracht. Soll ich ihr gleich hier die Kehle durchschneiden?« Sofort setzten Megans Reflexe ein, die sie in ihrer jahrelangen Polizeiausbildung erworben hatte, doch sie war wie gelähmt und konnte sich nicht bewegen. *Ich bin gefesselt!*, stellte sie mit einem Anflug von Panik fest. *Sie haben mir die Augen verbunden!* Und sie bemerkte, dass sie auf dem Bauch lag, vermutlich in einem Bett, ihr Körper wie ein X fixiert. Sie wollte schreien, doch durch den Stoff in ihrem Mund hörte es sich wie ein klägliches Wimmern an. Kaltes Metall streifte ihren Hals, der Puls trommelte ihr in den Ohren. *Nein! Bitte nicht!*

»Warte, Ted, der Boss möchte sie sicher vorher noch durchrammeln, wäre ja auch zu schade, sie gleich verschwinden zu lassen.« Diese spöttische, volltönende Stimme kam Meg allerdings vertraut vor. Ihr Gehirn durchforstete die Datenbank aller infrage kommenden Kandidaten, doch die wenigen Informationen reichten nicht aus, um an ein Bild zu gelangen. Dazu war sie viel zu verstört.

»Wir könnten doch auch ... ich meine, der Boss ist noch nicht hier ... auch ein bisschen ... Was denkst du?«, fragte derjenige, der Ted genannt wurde.

Oh Gott, sie haben mich ausgezogen! Meg spürte einen kühlen Luftzug an ihrer Haut und Finger, die an ihrem Oberschenkel entlangfuhren. Immerhin schien sie ihre Unterwäsche noch zu tragen. Die Metallbügel des BHs drückten ihr unangenehm in die Rippen.

»Zuerst bin ich an der Reihe, Ted. Schließlich bin ich Garcías rechte Hand. Dann kommt lange nichts, und dann, irgendwann, kommst du. Also verzieh dich, die Tussi und ich würden gern ungestört sein.«

Meg vernahm schlurfende Schritte, begleitet von einem Grummeln, dann eine Tür, die geräuschvoll zugeschlagen wurde. Ihr Herzschlag klopfte in ihrem Kopf. *Sie werden mich erst vergewaltigen und dann töten!* Konnte es noch schlimmer kommen? Das war bestimmt die verzwickteste Lage, in der sie jemals gesteckt hatte, nur dass sie diesmal keinen Ausweg sah.

Meg konnte sich genau vorstellen, was ihre Ma predigen würde, wenn sie an der Himmelspforte von ihr empfangen wurde. »Siehst du, Meggie, ich habe dir ja gleich gesagt, das ist kein Job für Frauen!«

Meg hatte es in ihrer Laufbahn mit Einsatz und Fleiß weit nach oben geschafft, worauf sie verdammt stolz war. Aber das half ihr jetzt auch nicht weiter. Sie war einen Moment lang unvorsichtig gewesen und musste jetzt dafür bezahlen. Doch so leicht würde sie es ihren Peinigern nicht machen.

¤ ¤ ¤

Jason murmelte einen Fluch, bevor er sich neben die rothaarige Frau auf die Matratze kniete, die mit aller Kraft an den Fesseln zerrte. *Shit!* Gerade jetzt musste sie geschnappt werden, wo er so kurz davor war, den Ring zu sprengen! Es war verdammt schwer gewesen, sich undercover in Garcías Gang einzuschleusen, und noch schwerer, an den Boss heranzukommen. Mittlerweile hatte Jason genug Fakten zusammen, um den gesamten Bostoner Untergrund auffliegen zu lassen. Morgen hätte er das Ding durchziehen wollen. *Fuck!* Jetzt konnte er seine Pläne umwerfen.

Jason wusste, dass seine Kollegin gerade Todesängste ausstand, doch er musste vorsichtig sein, wenn er ihr helfen wollte. Falls seine wahre Identität bei Garcías Leuten bekannt würde, hätte er sein Leben verwirkt.

Ted hatte recht, sie hatte einen Wahnsinnshintern! In ihrer Uniform hatte sie schon eine gute Figur gemacht, doch nackt war sie einfach unübertroffen. Die Spitzenunterwäsche war absolut heiß! Jason wunderte sich, dass sie so was im Dienst trug ...

Zu gerne hätte er noch länger die zwei runden Hügel ihres Gesäßes betrachtet, die schmale Taille und das geschmackvolle Tribal-Tattoo auf ihrem Steißbein, doch jetzt kam es darauf an, diese Frau unversehrt hier herauszubringen.

Er beugte sich über sie und ließ seine Hüften auf ihrem Po kreisen. Es musste schließlich authentisch aussehen! Sein

Penis sprach jedoch sofort darauf an.

Himmel, ich bin auch nur ein Mann!, sagte er sich.

Dann strich er ihr das feuerrote Haar zur Seite. Seine Kollegin verharrte einen Moment, bevor sie ihren Kopf hochschnellen ließ. Jason wich reflexartig zurück, doch sie erwischte ihn noch leicht am Kinn. Beinahe hätte sie ihm die Nase gebrochen!

»Megan, beruhige dich. Es wird dir nichts geschehen!«, flüsterte er in ihr Ohr, während er ihren Kopf auf die Matratze zurückdrückte. »Ich bin es, Jason Bennet.« Tatsächlich spürte er, wie sich ihr Körper unter ihm entspannte.

»Der Raum wird videoüberwacht, und Ted, dieser Spanner, sitzt jetzt sicher hinter dem Monitor« *... und holt sich einen runter*, führte er in Gedanken zu Ende. »Spiel also mit.«

Jason erkannte nur die kleine spitze Nase, die zwischen der Augenbinde und dem Knebel herausschaute. »Ich ziehe dir das Tuch aus dem Mund, aber lass dir nichts anmerken.«

¤ ¤ ¤

Meg glaubte plötzlich, dass es doch einen gerechten Gott geben musste. *Danke, danke, danke!,* schickte sie zum Himmel. *Jason ist hier!* Sie hatte sich schon gefragt, wohin er so plötzlich verschwunden war. Auslandseinsatz, hatte sie nur zu hören bekommen. Die erste Zeit war sie recht betrübt gewesen, nicht mehr jeden Tag seine funkelnden, grünen Augen zu sehen und das spitzbübische Grinsen, wenn er mal wieder einen seiner Witze zum Besten gab. Und Jason konnte Witze erzählen wie kein anderer ihrer Kollegen, er hatte wirklich Talent dazu. Er war ein Schauspieler, durch und durch. Daher wunderte es sie nicht, dass er zu den verdeckten Ermittlern gehörte.

Sein langes braunes Haar kitzelte sie an der Wange, als er den Knebel lockerte. Erleichtert atmete sie auf.

»So, meine kleine Zuckerschnecke«, sagte Jason extra laut,

damit Ted keinen Verdacht schöpfte, »jetzt werde ich dich für meinen Boss ein wenig vorbereiten. García liebt es gut geschmiert.« Er hasste es, sich wie ein Arschloch zu verhalten. Es wurde Zeit, dass er aus diesen verseuchten Kreisen herauskam. Jason wollte endlich wieder er selbst sein.

Abermals rieb er seine Lenden an Megans einladenden Formen. *Verdammt, die Frau macht mich total spitz!*, dachte er schockiert. Viel brauchte er da nicht mehr zu spielen. Warum hatte er früher nie bemerkt, wie außerordentlich hübsch sie war?

Megan machte ihre Sache wirklich gut, fand Jason. Scheinbar hilflos wand sie sich unter ihm, was leider dazu führte, dass sie mit ihrem Hintern seine beginnende Erektion massierte. Ungewollt entkam ihm ein Stöhnen, da der Platz in seiner Jeans langsam zu eng wurde.

¤ ¤ ¤

Meg lauschte angestrengt Jasons leisen Worten. Er erklärte ihr genau, was er geplant hatte. »Hoffentlich kann ich es deichseln, dass der Boss bis morgen anderweitig beschäftigt ist. Dann wirst du in Sicherheit sein.« Während er weiterhin zu ihr sprach, stahl sich eine Hand an ihre Brust. »Sorry, Megan, aber ich bin mir ziemlich sicher, dass wir beobachtet werden.«

Jasons Finger an ihren Brüsten waren das kleinere Übel. *Eigentlich fühlt es sich sogar sehr gut an*, ging es ihr durch den Kopf. Wie oft hatte sie sich schon in ihren Tagträumen ausgemalt, einmal auf diese Weise von ihm berührt zu werden, doch ihr Kollege hatte ihr nie besondere Aufmerksamkeit geschenkt. Dafür bekam sie davon jetzt die volle Ladung! Ihre Alarmglocken schrillten, als sie auf einmal das ratschende Geräusch eines Reißverschlusses hörte.

¤ ¤ ¤

Jason öffnete mit einer Hand seine Jeans, während er sich mit einem Ellenbogen über seiner Kollegin abstützte, und zog sich die Hose bis zu den Knien herunter. Die Kamera befand sich direkt hinter ihm. Ted würde also außer seinem nackten Arsch nichts zu sehen bekommen.

Als er sich wieder zwischen Megans gespreizte Beine legte, brach ihm der Schweiß aus. Sein pochender Ständer presste sich auf das Spitzenhöschen, und zwar genau in die einladende Spalte ihres Gesäßes. *Shit, was wird sie nur von mir denken? Ich kann ihr doch nie wieder in die Augen sehen!*, dachte er. Doch Jason musste das Schauspiel weiterführen oder Ted würde sofort merken, dass hier etwas faul war.

Er rieb sich an dem edlen Stoff, während er seine Nase in ihrem duftenden Haar vergrub. Als sich seine Hand wieder an ihren Busen stahl, spürte er ihren harten Nippel und ihre Erregung. Megans Brustkorb bewegte sich schnell. *Da bin ich ja nicht der Einzige, dem es so ergeht,* durchfuhr es ihn erleichtert.

¤ ¤ ¤

Megan biss sich auf die Unterlippe, um einen wohligen Laut zu unterdrücken. Sie stellte sich Jasons appetitlichen Jeanspo vor und wie er wohl unter der Kleidung aussehen mochte. Sie wusste einfach nicht, was mit ihr los war. Vor ein paar Minuten hatte sie noch Todesängste ausgestanden und plötzlich steuerte sie einem Orgasmus entgegen? Sie spürte, wie Jason ihr den Slip auf die Seite zog. Himmel, er würde doch nicht tatsächlich in sie eindringen? »Jason ...«, murmelte Meg in das Bettlaken, obwohl sie sich beinahe wünschte, er würde es tun. Ihre Vagina pochte erwartungsvoll und verlangte danach, ausgefüllt zu werden.

»Keine Panik, es wird nichts geschehen. Aber vergiss nicht,

das Opfer zu spielen!« Er keuchte in ihr Ohr, während er seinen Ständer unter ihr Höschen schob. Jetzt war er zwischen Stoff und Pobacken eingeklemmt. Der Saum des Slips hatte sich so weit verschoben, dass er genau auf Megs Kitzler lag. Bei jeder Bewegung fuhr die Naht darüber und trieb wohlige Schauer durch ihren Körper.

Meg riss an den Fesseln und bewegte sich heftig. Es kam ihr sehr gelegen, die Wehrhafte zu spielen, denn so konnte sie sich an der Matratze reiben. Es machte sie schier wahnsinnig, dass Jason sie nicht zwischen den Beinen berührte, wo es immer unerträglicher pochte. Und dass er ihr ungehemmt ins Ohr stöhnte, machte es auch nicht gerade einfacher.

¤ ¤ ¤

Fuck, ich spritze gleich ab! , schoss es Jason durch den Kopf. Er lag mit pumpenden Hüften auf diesem Traumkörper, der zudem noch fantastisch duftete, während seine Hoden gegen Megans Pobacken klatschten. Sein Schaft glitt mühelos in ihrer Spalte vor und zurück, dafür sorgten seine Lusttropfen, die reichlich flossen. Das letzte Mal war einfach schon zu lange her! Seit er sich in Garcías Gang eingeschleust hatte, verspürte er auch nicht die Lust, es sich selbst zu machen. Wenn er dort rauskam, musste er sich unbedingt mal mit ihr verabreden.

Möglichst unauffällig griff er nach dem Taschentuch, das er Megan aus dem Mund gezogen hatte und das immer noch neben ihrem Kopf lag. Die ganze Lage hier war völlig absurd, dennoch trieb Jason gerade auf einen gewaltigen Höhepunkt zu, wovon seine Kollegin wirklich nichts zu erfahren brauchte. Jason wickelte sich den Stoff um seine Eichel und steuerte der Erleichterung entgegen. Sein Penis, zwischen ihrem glühenden Fleisch und seinem Bauch eingeklemmt, zuckte. In heißen Schüben ergoss er seine Lust, schwer darauf bedacht, nicht allzu laut zu stöhnen, wobei er an Megans Ohrläppchen saugte und ihren weichen Busen massierte. Dann zog Jason sich schnell zurück, denn seine feuchtheiße Ladung war bereits dabei, durch das Tuch zu dringen.

¤¤¤

Das wird er mir noch büßen, mich hier einfach so unbefriedigt und gefesselt zurückzulassen, dieser selbstgefällige Macho!, schoss es Meg durch den Kopf, als Jason ihr den Slip wieder zurechtrückte. Anscheinend hatte sie sich bei diesem Mann total verschätzt.

»Danke für den geilen Fick«, höhnte ihr Kollege und verließ den Raum.

Na warte, ich bekomme meine Rache, Jason Bennet, darauf kannst du deine Dienstmarke verwetten!

***

Meg konnte es immer noch nicht so ganz nachvollziehen, wie sie heil aus dem Keller herausgekommen war, in dem die Verbrecher sie gefangen gehalten hatten. Die Polizei hatte mit Jasons Hilfe den gesamten Mädchenhändlerring ausgehoben, doch leider war ihnen García durch die Lappen gegangen. Und solange dieser skrupellose Gangster da draußen sein Unwesen trieb, musste Jason sicherheitshalber untertauchen, obwohl er »offiziell« verhaftet wurde. Dabei leistete ihm Meg nur zu gerne Gesellschaft, denn sie hatte noch eine Rechnung mit ihm offen.

Als frisch verheiratetes Ehepaar auf der Durchreise hatten sie sich ausgegeben, als sie in dem einfachen Motel eincheckten. Jason kam gerade aus der Dusche und ließ sich erschöpft ins Bett fallen, während sich Meg überlegte, wie sie es ihm heimzahlen konnte, dass er sie erst so heiß gemacht und dann einfach liegen gelassen hatte. Was ihr bei seinem Erscheinungsbild nicht einfach fiel, denn mit den feuchten Haaren und mit nichts weiter auf der Haut als einem knappen Slip, sah er zu sexy aus.

»Jason ...« Sie wollte sich vorsichtig an ihr Vorhaben herantasten. »Ich denke, wir sollten über das reden, was zwischen uns vorgefallen ist.«

»Was ist denn vorgefallen?«, murmelte er, zog sich die Decke über und schloss die Augen.

Die Sonne war gerade untergegangen, und auch Megs Lider schienen schwer wie Blei, aber sie musste das erst zwischen ihnen klären, sonst würde sie keinen Schlaf finden. *Oh, es ist doch immer dasselbe mit diesen Typen!*, dachte sie wütend. Jetzt tat er auch noch so, als ob er nicht genau wüsste, was sie meinte! Und was gab ihm das Recht, sich das Bett auszusuchen! Sollte sie vielleicht auf der Couch schlafen, oder stellte er sich vor, dass sie neben ihm läge? In ihr brodelte es wie in einem Vulkan, der kurz vor dem Ausbruch stand. *Gut, dann eben auf die harte Tour ...*

Meg wartete, bis er eingeschlafen war und holte dann leise ihre Handschellen hervor. Durch eine Öffnung im Vorhang fiel ein schmaler Streifen hellen Lichts genau auf Jason, da sich vor ihrem Zimmer das gewaltige, beleuchtete Schild des Motels befand. Blitzschnell führte sie die Kette an einer Strebe des Bettgestells hindurch und befestigte das Metall an Jasons Handgelenken. Dieser blinzelte erst verwirrt, doch bevor er bemerkte was los war, hatte ihm Megan mit ihrer Schlafmaske die Augen verbunden.

»Den Knebel spar ich mir, weil du ja auch so nett warst und mich von meinem befreit hast«, spottete Meg, als sie ihm die Zudecke wegzog. Beim Anblick von Jasons durchtrainiertem Körper blieben ihr jedoch erst mal die folgenden Worte im

Hals stecken. Dass diese Mistkerle immer so verdammt gut aussehen mussten! Kein Wunder, warum die Frauen reihenweise auf solche selbstverliebten Typen hereinfielen.

»Hey, was soll das?« Jasons Muskeln spannten sich an, was ihn für Meg nur noch schmackhafter machte und ein Kribbeln in ihrem Unterleib ausbreiten ließ.

»Glaubst du, ich würde es so einfach hinnehmen, wie du mich behandelt hast?«, fauchte sie.

¤ ¤ ¤

»Was?!« Jason verstand plötzlich nichts mehr. *Was ist nur mit dieser Frau los?*, dachte er. Arbeitete Megan womöglich für García?

Als sie ihm jedoch an den Bund seiner Unterhose griff, ging ihm ein Licht auf. »Hey, Megan, das war doch nur ein Spiel, weil Ted uns beobachtet hatte!«

Sie zog ihm die Schlafmaske ein Stück nach oben, sodass er im Halbdunkel ihr erzürntes Gesicht sah. »Bei diesem Spiel bist du ja verdammt auf deine Kosten gekommen, was, Jason?«

Shit, sie hat es mitbekommen, durchfuhr es ihn.

»Und ein ehrbarer Spielpartner führt das Spiel immer zu Ende! Aber das hast du *nicht*!«

Was sollte er ihr jetzt zu seiner Verteidigung sagen? Aber das übernahm gerade Meg für ihn: »Jetzt sieh mich nicht so unschuldig an! Ja, ich weiß, ihr Männer könnt nicht anders. Ihr braucht nur eine Frau in Unterwäsche zu sehen, und schon geht euch einer ab.«

Was für ein temperamentvolles Biest! Jason war plötzlich hellwach. Mit großem Interesse musterte er seine Kollegin, die er bis jetzt immer für völlig unscheinbar gehalten hatte. Sie trug einen gewöhnlichen Bademantel, den sie sich jedoch auf einmal von den Schultern streifte. Darunter war sie ... vollkommen nackt! Nicht ein einziges Haar zierte ihre schmale Spalte, und auch dort bedeckte ein Tattoo ihre Haut, das Jason in dem schwachen Licht allerdings nicht genau erkennen konnte.

Ihre Brüste waren fest und gerade richtig groß – eine Hand voll – so, wie sie ihm bei einer Frau gefielen. Dunkel und spitz standen die Nippel davon ab. Megans wallendes Haar fiel ihr bis über die Schultern. Außer in Garcías Versteck hatte Jason es noch nie zuvor offen gesehen. Sie war eine verdammt heiße Braut, Wahnsinn! Sein Schwanz fand das auch, denn er war am Erwachen.

Megans Hände lagen immer noch auf seiner Hose, anscheinend traute sie sich nicht so recht, ihr Vorhaben umzusetzen. Die warmen Finger auf seinem Bauch ließen ihn erschaudern, als er sich vorstellte, was Meg alles in seinem wehrlosen Zustand mit ihm anstellen könnte. Jasons Füße zuckten, da er hin und her gerissen war. Sollte er sie vom Bett schubsen oder mit seinen Schenkeln einfangen, um sie auf sich zu ziehen? *Aber sie wird es nicht tun*, überlegte er beinahe enttäuscht, während er sie mit einem heißen Blick bedachte. *Sie will mich nur ein wenig ärgern.*

»Schön brav bleiben, Jason, und nicht treten. Denn wenn du mich verletzt, gibt es niemanden, der dich befreit«, säuselte sie zuckersüß und rückte die Augenbinde wieder an ihren Platz. »Und es wäre dir doch bestimmt furchtbar peinlich, wenn dich die Putzfrau morgen in diesem Zustand findet, oder?!«

Er hatte sich anscheinend in Megan komplett geirrt, schoss es Jason durch den Kopf, als sie ihn gekonnt von seiner Unterhose befreite. »Megan, was hast du vor?« Jason konnte sie nicht sehen. Indem er seinen Kopf auf dem Kissen hin und herscheuerte, versuchte er, sich von der Maske zu befreien, doch so schaffte er es nicht. Sie saß bombenfest. Also lauschte er angestrengt in die Dunkelheit. »Megan?« Sie wollte ihn doch nicht die ganze Nacht so liegen lassen? »Du hattest deinen Spaß, also mach mich wieder los.«

Jason fühlte sich etwas unbehaglich. Nackt und verwundbar lag er vor seiner Kollegin, die ihn mit Sicherheit höhnisch betrachtete. Beinahe glaubte er, ihre eiskalten Blicke auf seiner Haut spüren zu können. Mit den Füßen angelte er nach der Zudecke, doch bevor er sie richtig zu fassen bekam, wurde sie ihm weggezogen. Langsam reichte es ihm. »Megan, verdammt noch mal, was soll das! Mach jetzt die verflixten Handschellen auf!«

»Na, Jason, wie ist das, so wehrlos zu sein?«, hörte er plötzlich leise ihre Stimme, aber ganz nah an seinem Ohr.

Sofort drehte er den Kopf in ihre Richtung. »Es ist total beschissen, okay? Mach mich bitte wieder los! Ich habe ein paar echt üble Monate hinter mir, und würde mich jetzt gern ein wenig davon erholen.«

Auch wenn sie ihm nicht antwortete, fühlte er, dass sie dicht bei ihm war. Ihre Haare streiften seine Brust, was ihm trotz seines Zorns eine köstliche Gänsehaut einbrachte. Als sich die Matratze neben ihm plötzlich herabsenkte, wusste Jason, dass sie sich neben ihn auf das Bett gekniet hatte.

»Pssst, wer wird denn gleich so ausflippen?«, gurrte sie. Jason spürte ihre Finger, die erst kleine Kreise um seine Brustwarzen zogen, bevor sie an seinem Bauch herabwanderten. »Es ist nicht zu übersehen, wie sehr du deine Hilflosigkeit genießt, Kollege.«

Ohne Umschweife griff sie nach seinem prallen Schaft und drückte zu. »Gott!«

»Du darfst auch Meg zu mir sagen!«, säuselte sie, fuhr dabei seine Äderungen zweimal auf und ab und ließ dann los.

»Verflucht, Megan, du bringst mich um!«, stöhnte Jason. Ihre kleine, warme Hand hatte sich auf seinem Schwanz verdammt gut angefühlt. Ach was, einfach perfekt! Dieses dreiste Früchtchen wusste genau, was sie mit ihm anstellen musste!

¤ ¤ ¤

Meg konnte die Augen nicht von seiner Härte nehmen. Sie zuckte ununterbrochen, während sich Jason hilflos in den Fesseln wand. Sein flacher Bauch bewegte sich schnell; er schien sehr erregt zu sein. *Gut*, dachte sie. *Ich werde ihn an den Rand des Wahnsinns treiben!*

Mit den Lippen tippte sie die zitternde Eichel an und leckte mit flinken Zungenschlägen die salzigen Tröpfchen von der Spitze, ohne ihn dabei mit den Händen zu berühren.

¤ ¤ ¤

Jason konnte kaum fassen, was Meg gerade mit ihm anstellte. *Die Frau ist fantastisch!*, ging es ihm durch den Kopf, während er die Beine anwinkelte und die Schenkel weit öffnete. Seine Hüften drückten sich ihrem heißen Atem entgegen, doch ihr Mund zog sich immer wieder zurück. *Na warte, du Hexe, wenn ich hier wieder loskomme vögel ich dich so heftig durch, dass du drei Tage lang nicht mehr sitzen kannst!*

¤ ¤ ¤

Nicht nur Jason malte sich gerade die wildesten Fantasien aus, auch Meg machte sich ihre Gedanken. Irgendwie gefiel es ihr nicht, dass schon wieder nur *er* auf seine Kosten kam. Zudem streichelte sie sich schon die längste Zeit selbst zwischen den Beinen, denn dieser wehrlose Mann erregte sie sehr.

»Mehr ... komm schon, Megan!«, forderte er.

»So, du willst mehr? Das kannst du bekommen!«

¤ ¤ ¤

Im ersten Moment, als sich etwas Warmes, Weiches auf sein

Gesicht drückte, dachte Jason, Megan wolle ihn ersticken. Doch dann nahm sie ein wenig an Gewicht weg und er konnte es riechen – ihr feuchtes Geschlecht, das sie ihm so frech auf den Mund presste. *Himmel, die Frau sitzt mit gespreizten Beinen auf mir!* Jasons Erektion peitschte wild hin und her.

»Leck mich schön aus, dann sind wir quitt«, hörte er sie über sich keuchen.

Das brauchte sie ihm nicht sagen, er war schon dabei! Meg duftete köstlich, und wie sie schmeckte ... wie ein Verdurstender leckte er ihr den bittersüßen Saft aus der glitschigen Spalte.

¤ ¤ ¤

Meg wünschte sich, sie könnte an den Lichtschalter kommen, um Jason besser dabei betrachten zu können, wie er in ihrem Fleisch schwelgte. Er machte seine Sache wirklich gut, daran bestand kein Zweifel. *Dieser Frauenverführer hat sicher Übung darin*, überlegte sie wehmütig.

Wie würde es wohl mit ihnen beiden weitergehen, wenn ihr Job, hier das frisch vermählte Ehepaar zu spielen, vorüber war? Doch die Fragen versickerten irgendwo zwischen ihren Gehirnwindungen, als sie auf sein Gesicht herabblickte, das sie mit ihrem Unterleib halb verdeckte. Jasons Nase lag in ihren Falten vergraben, während sein Mund sie mit gierigen Bissen vernaschte. Seine Bartstoppel rieben über die Schamlippen sowie über ihren Kitzler und schickten Blitze durch ihr Inneres.

»Ich möchte dich ansehen«, stöhnte Jason, der sich an ihrer harten Perle festgesaugt hatte, »und ich möchte in dir sein.«

Natürlich möchtest du das, und wie sehr ich es auch möchte, durchfuhr es Meg, *aber was wird dann aus meiner Bestrafung?* »Du bist hier noch nicht fertig«, antwortete sie ihm stattdessen.

»Megan, bitte, so berühr mich doch wenigstens!« Jason

tat ihr beinahe leid, wie er so unter ihr flehte. Sie schmeckte immer noch seine Lust auf ihren Lippen.

Kurzerhand stand sie auf, drehte sich mit wackeligen Schritten auf ihm herum und senkte sich wieder auf seinen Mund. Während Jason seine Zunge mit schnellen Stößen in sie trieb, griff sie nach seinem Penis, der sich ihr zitternd entgegenreckte. Die Spitze glänzte von den Sehnsuchtströpfchen.

¤ ¤ ¤

Aus Jasons Brust wich ein kehliger Laut. Was würde er jetzt dafür geben, Megan ansehen zu dürfen. Er spürte, wie sich ihre Finger fest um seinen Schwanz schlossen und ihn massierten, bevor sich, plötzlich und völlig unerwartet, ihr heißer Mund bis zum Anschlag auf ihn herabsenkte.

»Uhhh ...«, entfuhr es ihm. Während Meg ihn gekonnt mit den Lippen und der flinken Zunge verwöhnte, versuchte Jason, sich auf ihren nassen Schoß zu konzentrieren. Sie fing an, sich auf ihm zu reiben, ein Schwall heißen Saftes schoss aus ihr heraus, bevor sie, sein erigiertes Glied zwischen ihren Lippen, heftig stöhnend über ihm zusammenbrach.

Er gab ihr einen Moment, um sich von ihrem gewaltigen Orgasmus zu erholen, doch als sie von ihm herunterstieg und er sie nicht mehr in seiner Nähe spürte, fragte er: »Megan? Und was ist mit mir?«

»Du warst exorbitant, Kollege, vielen Dank!«

Jason hörte, wie die Badezimmertür geschlossen wurde und gleich darauf das Wasser der Dusche rauschte.

Fuck! Jasons Hoden zogen schmerzhaft. *Dieses hinterhältige Biest!* Sein Schwanz brannte wie Feuer, die Haut um seinen Schaft spannte höllisch ... er war so kurz davor gewesen! Wütend und frustriert riss er an den Handschellen, sodass das ganze Bettgestell klapperte. »Das wird sie mir büßen!«

¤ ¤ ¤

Ein wenig quälte Meg ihr Gewissen schon. *Ich habe gerade einen Mann gegen seinen Willen ... nein, Jason hat es mehr als genossen!*, beruhigte sie ihr rasendes Herz. Sie hatte noch nie auf diese Weise Sex gehabt. Jason würde sie umbringen!

Barfuß, nur in den Bademantel gehüllt, huschte sie durch das Zimmer, wo Jason auf dem Bett lag, nackt und gefesselt, genau so, wie sie ihn zurückgelassen hatte. Er hatte immer noch eine Erektion! Doch er tobte nicht, er bewegte sich auch nicht. »Jason?«

Er gab ihr keine Antwort. *Vielleicht ist er eingeschlafen, er war ja zuvor schon todmüde.* »Umso besser«, murmelte sie.

Vorsichtig, ohne ein Geräusch zu machen, nahm sie die Schlüssel vom Nachttisch und öffnete die Schellen. Jasons Arme sackten auf die Matratze, er schien tatsächlich eingeschlafen zu sein. Meg betrachtete einen Moment sein Gesicht und das dunkle Haar, das ihm wirr um den Kopf lag, seine vollen Lippen, deren Konturen sie in der Dunkelheit gerade noch so erahnen konnte und seine schön geschwungenen Brauen ... »Jason!« Mit weit geöffneten Augen starrte er sie an. In dem dunklen Zimmer wirkten sie beinahe schwarz.

Als er blitzschnell seine langen Beine über den Bettrand schwang und nach ihr griff, machte Meg einen Satz rückwärts. Plötzlich sah er nicht mehr so friedlich aus.

»Jetzt sind wir quitt!« Sie versuchte ein selbstsicheres Auftreten, aber Jason schien das nicht zu beeindrucken. Er wirkte auf sie wie die Reinkarnation des Bösen. Garcías Verhaltensweisen hatten hoffentlich nicht auf ihn abgefärbt.

»Ich bin ein böser Junge, Megan, und böse Jungs sollte man nicht reizen«, sagte er bedrohlich leise, während er langsam durch den halbdunklen Raum auf sie zuschritt.

Meg wich weiter vor ihm zurück, bis sie eine Wand in ihrem Rücken fühlte.

»Es war doch nur ein Spiel«, verteidigte sie sich mit zitternder Stimme. »Ich dachte, du wärst für so etwas zu haben.«

»So, dachtest du«, knurrte er, als er sie mit seinem harten Körper an die Wand nagelte. Dabei durchbohrte sie sein glühender Blick wie Pfeilspitzen. »Ich bin für solche Spielchen nur zu haben, wenn sie auch zu Ende gespielt werden!«

»Okay«, hauchte Meg. Schließlich war sie es selbst gewesen, die diesen Spruch vor Kurzem noch zu ihm gesagt hatte.

Sie bekam kaum noch Luft. Jasons unnachgiebiger Brustkorb presste ihr den Sauerstoff aus den Lungen. Seine Hände hielten ihre Handgelenke wie in einem Schraubstock über ihrem Kopf zusammen, Jasons Erektion drückte sich in ihren Bauch. Sofort setzte wieder das verräterische Pochen in ihrem Unterleib ein. *Er ist ein Tier! Ein typisches Alpha-Männchen*, schoss es ihr durch den Kopf. Aber Meg stand auf harte Kerle.

Auf einmal ließ er sie los und wich ein paar Zentimeter zurück. »Zieh dich aus!« Der geknurrte Befehl ließ sie erschaudern. Schwer atmend sah sie auf seine gewaltige Härte herab, die wie ein bedrohlicher Speer auf sie gerichtet war. »Gleiche Bedingungen für alle, Megan, so lauten die Spielregeln.«

Wie in Zeitlupe streifte sie sich den dicken Bademantel ab, bis er als Haufen hinter ihren Füßen lag. Zitternd stand sie vor Jason, die Handflächen und den Rücken gegen die kühle Wand gepresst. Aber sie bebte nicht vor Kälte oder Furcht, nein, ihr ganzer Körper stand unter Strom! Megan konnte es in den Tiefen seiner dunklen Iris erkennen, was er von ihr wollte. Und ja, sie wollte es auch!

¤ ¤ ¤

Jason konnte sie einfach nur anstarren, wobei er spürte, wie er noch härter wurde.

»Wer ist dran?«, fragte Meg.

Jason konnte ihre Nervosität bis in seine Haarspitzen fühlen, war er doch nicht weniger aufgeregt. »Du.« Mehr brachte er nicht aus seiner trockenen Kehle. Schon verrückt, wie sich das alles entwickelt hatte.

Vor seinen Augen begann Meg sich zu streicheln. Erst berührte sie nur zögerlich ihre Brüste, doch schon bald wurde sie mutiger und glitt mit einer Hand am Bauch herab bis zu ihrer nackten Spalte. Ihre Finger zwirbelten die harten Nippel und fuhren durch das Tal zwischen ihren Beinen, während sie ihren Rücken durchbog und sich ihm somit noch mehr darbot.

Jason konnte ihr nicht mehr länger dabei zusehen, wie sie es sich selbst machte. Mit einem unterdrückten Laut riss er sie in seine Arme, um sie gleich darauf wieder mit seinem Körper gegen die Wand zu pressen. Mit wilder Obsession nahm er sich von ihrem Mund was er brauchte, tauchte tief mit seiner Zunge ein und kostete von Megan.

Und Meg erwiderte seine wilden Küsse ebenso stürmisch. Jason spürte ihre Hände die Muskelstränge an seinem Rücken hinabgleiten, fühlte, wie sie in seine Pobacken griff und ihn noch fester an ihre samtige Haut zog.

Das war Jason Aufforderung genug. Er umfasste seinerseits ihr Gesäß – so weich und rund – und hob sie ein Stück hoch. Megs Schenkel legten sich um seine Hüften und somit öffnete sie sich weit für ihn.

Mit einem harten Stoß drang er in sie ein. Jason durchpflügte ihre schmatzende Enge und drückte ihren Körper mit pumpenden Hüften gegen die Wand.

¤ ¤ ¤

Meg hatte das Gefühl, von seiner Länge aufgespießt zu werden.

Jason steckte so tief in ihr, dass sich ihre Klitoris an seinem Schamhaar rieb. Ihre ganzen Empfindungen konzentrierten sich auf diesen Bereich, doch bevor sie erneut ein Höhepunkt überschwemmte, trug Jason sie quer durch das Zimmer und legte sie auf das Bett, ohne sich aus ihr zu lösen. Er kam über sie, die Ellbogen an ihren Seiten aufgestützt, und begann wieder den stoßenden Rhythmus, der sie so erregte. Er warf den Kopf zurück, knurrend und stöhnend, während Meg sich unter ihm wand und ihn an seinen Pobacken fest auf sich zog.

Dort, wo ihre Körper miteinander verbunden waren, entstand durch Wollust und Reibung eine Hitze, die bis tief in ihre Eingeweide vordrang. »Jason!«, rief sie atemlos, als er eine Hand zwischen sie schob, um ihre pochende Klitoris zusätzlich zu stimulieren. Da konnte sich Meg nicht mehr zurückhalten, sie explodierte.

¤ ¤ ¤

Jason trieb sich immer wieder tief in ihre Feuchte. Sie war dort drinnen so samtig und eng, dass es ihm vorkam, als hätte eine glitschige Faust ihn fest im Griff. Und als sich ihre Scheidenwände um ihn krampften, an ihm zogen und ihm seine letzte Beherrschung raubten, ergoss er sich dick und heiß in ihr Inneres.

Schwer atmend und miteinander verschlungen blieben sie liegen. *Game over*, dachte Jason, wobei es ihm schwer ums Herz wurde. *Hat sie nur mit mir gespielt oder empfindet sie mehr als Verlangen für mich?*

¤ ¤ ¤

Meg hätte ihre nagelneue Rolex dafür geopfert, um zu erfahren, was gerade in seinem Kopf vorging. War sie nur ein schneller Fick für ihn? Wie sollten sie sich in Zukunft verhalten?

Zärtlich strich Jason ihr eine Strähne aus der feuchten

Stirn. Er sah sie schon die ganze Zeit so an, als wollte er ihr etwas sagen. »Hast du Lust, mit mir auszugehen?«, brachte er schließlich heraus.

»Was?« Megan betrachtete ihn schmunzelnd und fühlte sich plötzlich leicht wie eine Feder. »Irgendwie hast du gerade die Reihenfolge verwechselt. Normalerweise stellt der Mann diese Frage, *bevor* er mit der Frau im Bett landet.«

Jason versuchte ernst zu bleiben. »Ach ja? Und wer sagt das?«

»So sind die Regeln, Kollege.«

»Und, halten wir uns denn an die Regeln?«

»Auf keinen Fall!«, lachte Meg und zog Jasons verstrubbeltes Haupt zu sich, um ihn auf seine verführerischen Lippen zu küssen.

Ertappt

Dr. Howard Johnson saß in einer dunklen Ecke seiner Praxis und wartete. Es war bereits kurz vor Mitternacht und er hatte wahrlich Besseres zu tun, als in seinem Behandlungszimmer die Zeit mit Nichtstun totzuschlagen, doch er brauchte endlich Gewissheit, wer für die Diebstähle verantwortlich war. Wöchentlich verschwand eine Schachtel mit Morphium-Tabletten, zweimal sogar eine Morphium-Ampulle. Der Dieb besaß definitiv einen Zugang zu dem Medizinschrank, und da kamen nicht viele Personen infrage. Eigentlich hatte nur er selbst diesen Schlüssel, umso gespannter war er, wer dahintersteckte.

Das Licht einer Straßenlaterne, das durch die Fenster fiel, erhellte das kleine Zimmer gut genug, dass seine an die Dunkelheit gewöhnten Augen ausreichend erkennen konnten. Als er hörte, wie sich die Praxistür öffnete, fuhr er sich mit zitternden Fingern durchs Haar und griff nach dem Baseballschläger, den er sicherheitshalber mitgenommen hatte. Er zog sich in den Schatten eines Aktenschrankes zurück und wartete angespannt.

Die Tür wurde leise geschlossen. Howard hielt die Luft an und lugte um das Möbelstück herum. Schweiß stand ihm auf der Stirn. Beinahe wäre ihm der Baseballschläger aus der feuchten Hand geglitten, als eine kleine Person dem Lichtkegel einer Taschenlampe folgte, den sie stets auf den Boden gerichtet hielt. Zierliche rote Pumps leuchteten darin auf. *Eine Frau also*, dachte er. Howard entspannte sich ein wenig. Mit einer Frau würde er fertig werden.

Nachdem sie zielsicher auf seinen großen Schreibtisch zumarschiert war, öffnete sie die unterste Schublade. Die Taschenlampe auf den Boden legend, ging sie in die Hocke. Howard bemerkte, dass sie einen verdammt kurzen Rock und eine helle Bluse trug. Lange Locken fielen ihr vors Gesicht, sodass er es nicht erkennen konnte. *Wer ist sie?* Sie kam ihm nicht bekannt vor. Und woher wusste die Frau, dass der Schlüssel zu dem Medikamentenschrank an einem Magneten unter der zweiten Schublade klebte?

Drei seiner Helferinnen und die Putzfrau hatten Zugang zur Praxis, aber keine von ihnen war jemals derart unzüchtig bekleidet zur Arbeit erschienen. Tatsächlich suchte er sich das Personal nach seiner Unscheinbarkeit aus. Je braver, desto besser. Da kam er wenigstens nicht in Versuchung! Denn das Letzte was er wollte, war ein Verhältnis mit einer seiner Angestellten – oder ein Verhältnis überhaupt. Nach einem bitterbösen Rosenkrieg, der schließlich in einer Scheidung endete, wollte er erst einmal nichts von den Frauen wissen.

Während die Unbekannte suchte, bewunderte Howard ihre langen Beine. Der Rand der dunklen Strümpfe lugte unter dem Rocksaum hervor, der ihr fast bis zum Po hochgerutscht war. Dieser Anblick versorgte seine untere Region schlagartig mit mehr Blut.

Er hörte die Frau etwas murmeln, das er nicht verstand. Plötzlich ging sie auf alle viere. Howard schluckte schwer, als er einen direkten Blick auf ihre Spalte bekam, die von einem knappen Höschen verdeckt wurde.

Die Taschenlampe ergreifend, leuchtete sie die Schublade aus. *Das ist meine Chance!*, dachte Howard, löste sich leise aus dem Schatten und drückte ihr ein Knie in den Rücken. Die Frau landete geräuschvoll auf dem Bauch. Noch bevor ihr Schrei ertönte, setzte er sich auf sie und hielt ihr mit einer Hand den Mund zu. Mit der anderen griff er nach der Lampe. Den Schläger brauchte er nicht mehr. Dieses Persönchen war kaum größer als seine vierzehnjährige Tochter, allerdings war dieser Hintern viel kurviger. Howard spürte sofort, dass unter ihm eine erwachsene, wohlgeformte Frau lag, die einfach himmlisch gut roch. *Dieses blumige Parfum kommt mir irgendwie bekannt vor*, überlegte er.

Während sie sich unter ihm wand und zappelte, zogen sich seine Hoden angenehm zusammen. Als er jedoch den Lichtstrahl in ihr Gesicht hielt, konnte er kaum glauben, wen er gerade geschnappt hatte: »Miranda?!« Er griff in die künstlichen Locken und zog ihr die Perücke vom Kopf. Schulterlange braune Haare kamen zum Vorschein.

Miranda war von Anfang an in seiner Praxis beschäftigt. Ihre freundliche, zuvorkommende und professionelle Art machte sie zum Liebling der Patienten und zu seiner rechten Hand. Sie hatte ihm außerdem mit der Korrespondenz geholfen, als ihm der Papierkram des Scheidungsanwaltes über den Kopf gewachsen war. Einmal gingen sie sogar zusammen in die Berge, da Miranda ihn nach dieser schweren Zeit auf andere Gedanken bringen wollte. Sie war immer für ihn da, wenn er jemanden zum Ausheulen brauchte, und in den letzten Jahren wie eine Freundin für ihn geworden. Umso mehr schmerzte es, dass sie ihn hinter seinem Rücken bestahl. So einen Vertrauensbruch hätte er niemals von ihr erwartet!

Als Howard die Hand von ihrem Mund nahm, versuchte

er seine Stimme kalt klingen zu lassen: »Suchen Sie vielleicht den hier?« Er hielt ihr den Schlüssel direkt vor die Nase, sie konnte ihn aber sicher kaum erkennen, weil das Licht der Taschenlampe sie blendete. »Ihnen ist hoffentlich klar, dass ich den Morphium-Diebstahl anzeigen muss, oder?«

Sie begann unter ihm zu schluchzen. »Bitte, Howard, rufen Sie nicht die Polizei!« Ihr ganzer Körper zitterte. Jetzt verstand er auch, warum sie so verkleidet war. Es sollte sie ihm Haus wohl niemand erkennen, falls sie zu dieser späten Stunde auf jemanden getroffen wäre. Die Miranda, die er kannte, lief nur in Jeans und Pullover durch die Gegend. Doch er musste zugeben, dass ihm die aufreizende Kleidung an ihr gefiel. Ihre Figur war genau nach seinem Geschmack.

»Wofür brauchen Sie das ganze Morphium?«, wollte er wissen und stieg von ihrem geschmeidigen Körper, die Taschenlampe weiterhin auf sie gerichtet.

Miranda kam auf die Beine und strich den Rock glatt, starrte aber nur auf den Boden.

»Nehmen Sie es selbst? Sind Sie vielleicht drogensüchtig?«, fuhr er sie an.

Erschrocken blickte sie zu ihm auf. »Himmel, nein!«

»Dann reden Sie endlich!«

Sie schüttelte nur den Kopf, wobei er eine Träne sah, die über ihre Wange rollte. Ein kurzer Stich durchfuhr ihn, trotzdem griff Howard zum Telefon. »Na gut, soll die Polizei die Sache klären.«

»Bitte nicht!« Sie kam auf ihn zu und riss ihm den Hörer aus der Hand. »Ich ... Sie können mir kündigen, oder ... ich mache alles, was Sie verlangen, aber bitte rufen Sie nicht die Polizei!«

»Warum sind Sie so verzweifelt?« Eine Idee manifestierte

sich in ihm. »Wen schützen Sie?« Er kam auf sie zu, den Strahl der Lampe immer noch auf ihr Gesicht gerichtet, doch sie wich vor ihm zurück.

»Niemanden!« Mit dem Po stieß sie gegen die Behandlungsliege.

»Lügen Sie mich nicht an, Miranda!« Zornig drückte er sie an den Schultern nach hinten. »Für wen stehlen Sie das Morphium?«

»Bitte!«, winselte sie. »Ich kann es Ihnen nicht sagen! Ich tue alles, was Sie verlangen, doch bitte ... rufen Sie nicht die Polizei!«

»Sie wollen wirklich alles tun?« Plötzlich lag seine Hand zwischen ihren Schenkeln. Er atmete schwer. »Dann zieh dich für mich aus!«

»*Was?*« Sie blickte ihn aus großen Augen an, doch sie stieß seinen Arm nicht weg. Das Fleisch an ihrem Oberschenkel fühlte sich warm und fest an. Sein Penis zuckte.

Auf einmal überfiel ihn das unbändige Verlangen, sie zu küssen. Leicht öffnete sie den Mund, so als würde sie nur darauf warten. Howard schluckte schwer. Diese sinnlichen Lippen schmeckten bestimmt köstlich! Aber es wäre falsch, sich einem spontanen Impuls hinzugeben, schließlich hatte er sich geschworen, nicht mehr auf dieses manipulierende Geschlecht hereinzufallen.

Sofort wich er von ihr zurück. »Ich werde dich nicht anfassen, versprochen!« Seine Stimme klang beinahe heiser. »Ich will dich nur sehen. Nackt!«

Er legte die Taschenlampe auf den Schreibtisch, sodass der Lichtstrahl genau auf die Liege gerichtet war, auf der sie saß. Er selbst lehnte sich gegen die Tischplatte. »Zieh dich vor mir aus und ich sehe von einer Anzeige ab.« Würde sie wirklich so weit gehen? War sie so verzweifelt? Seine Hände zitterten vor Anspannung.

»Warum tun Sie das?«, hauchte sie, doch ihre Tränen waren versiegt. Sie schien ebenso aufgeregt wie er zu sein. Howard erkannte es daran, wie sich ihre Finger immer wieder in den Rock krallten.

»Das ist meine persönliche Strafe. Ich fühle mich von dir hintergangen und total gedemütigt. Du sollst wenigstens ein bisschen merken, wie es gerade in mir aussieht!« Doch im Moment spürte er nur seinen Schwanz, der sich unangenehm gegen die enge Jeans presste.

Tatsächlich tat er es, weil er endlich einmal über eine Frau dominieren wollte. Seine Ex hatte ihn viel zu lange unterdrückt und ihre Spielchen mit ihm gespielt.

Als er Miranda nach dem letzten Geschäftsessen ziemlich angetrunken nach Hause gebracht hatte, waren ihm so einige intime Details seiner höllischen Ehe entschlüpft. Seine Kollegin hatte ihm darauf durch die Blume zu verstehen gegeben, dass sie sich schon lange nach einem Partner sehnte, der sie im Bett so richtig rannahm. Natürlich wusste Howard, dass sie auf ihn stand. Sogar ein Blinder konnte das nicht übersehen. Durfte er diesen Umstand ausnutzen?

Ihre Stimme bebte. »Sie werden mich nicht anfassen?«

Er lächelte maliziös. »Ich werde nur die Befehle geben und zusehen. Und wenn du nicht tust, was ich sage, werde ich sofort zum Hörer greifen und die Polizei anrufen. Verstanden?« Verdammt, auf was für ein Spiel hatte er sich da eingelassen? Doch jetzt gab es kein zurück mehr. Miranda nickte. Er war noch immer schwer enttäuscht von ihr, doch der Unruhestifter in seiner Hose wollte jetzt ein bisschen Spaß haben. Viel zu lange schon hatte er darauf verzichten müssen.

»Gut, dann möchte ich zuerst, dass du deinen Rock hochziehst.« Er richtete den Strahl so, dass er genau zwischen ihre Beine schien. Zögerlich ergriff sie den Saum und zog daran. Immer höher rutschte der Stoff über ihre Oberschenkel, bis er das Strumpfband erreichte. Dort hielt sie inne.

»Weiter, ich will alles sehen.« Warum war sie hier nur so verdammt sexy aufgekreuzt? Sie hätte sich doch auch eine andere Verkleidung einfallen lassen können. Der Anblick ihrer schwarzen Strümpfe machte ihn geil. Verdammt geil!

Sie zog sich den Rock über den Po.

»Jetzt setz dich auf die Liege und spreiz die Beine. Ich will dein Höschen sehen.«

Miranda gehorchte. Sie setzte sich und öffnete leicht die Schenkel. Der Lichtstrahl ließ den spitzenbesetzten weißen Slip aufleuchten und durch den dünnen Stoff konnte Howard beinahe alles erkennen. Sie war rasiert und nur in der Mitte, auf ihrem Venushügel, stand ein schmaler, dunkler Streifen. Wie gerne wollte er wissen, ob ihr Schlitz auch blitzblank war.

Seine Erektion drückte sich jetzt schmerzhaft gegen die Hose. »Zieh deinen Slip zur Seite. Ich möchte alles sehen.«

Als sie nicht gehorchte, sondern nur gepresst die Luft ausstieß, griff er zum Telefon. »Halt!«, rief sie, und in der Stille klang es beinahe wie ein Schrei. »Ich tue es.«

Howard zog die Hand vom Hörer und starrte wieder gebannt zwischen ihre Beine. Die schlanken Finger griffen unter die feine Spitze, worauf sich keine Sekunde später ihre Weiblichkeit in aller Offenheit präsentierte. Aber noch nicht offen genug für seinen Geschmack.

»Spreiz deine Beine weiter. Ich kann nichts sehen.« Zu seiner Überraschung tat sie ihm den Gefallen, doch die Schenkel stießen an den Rand der Liege. Ihre Spalte öffnete sich nur ein kleines Stück, dennoch konnte er jetzt ihren Kitzler erkennen. Die kleine Perle glänzte verführerisch im schwachen Schein der Lampe. Howard rieb sich die feuchten Finger an seiner Hose ab. Um ihren Eingang war sie tatsächlich blitzblank rasiert. Wie gerne würde er jetzt diese duftende Höhle erforschen!

»Stell deine Füße auf die Liege und spreiz die Beine weit. Ich kann immer noch nicht alles sehen.« Miranda rutschte ein Stück nach hinten, lehnte den Oberkörper gegen die Wand und zog die Beine an. Dabei glitt der Slip wieder über die Schamlippen. »Besser, du ziehst dein Höschen ganz aus, dann hast du deine Hände frei für andere Dinge.«

Sie klang entsetzt. »Was für *andere* Dinge?«

»Tu einfach, was ich dir sage.« Er gab sich alle Mühe, seine Stimme so kalt und bedrohlich wie möglich klingen zu lassen, doch in seiner Erregung hörte sie sich mehr wie das Schnurren eines Katers an.

Unglaublicherweise zog sie den Slip tatsächlich aus. Sie legte ihn neben sich auf die Liege. »Gib ihn mir«, befahl er.

Ihre Hand griff nach dem hellen Stoff und zitternd hielt sie ihn Howard entgegen. Er nahm das Höschen, ohne sie zu berühren. Ob sie in der Dunkelheit erkennen konnte, dass er es sich an die Nase hielt, um ihren berauschenden Duft einzuatmen? Er konnte sein Stöhnen kaum unterdrücken. Sie roch einfach fantastisch. Bei dem Gedanken daran, sie zu lecken, lief ihm das Wasser im Mund zusammen. Schnell legte er den Slip zur Seite.

»Jetzt öffne deine Bluse und hol deine Brüste raus.« Wieder gehorchte sie. Er hörte Miranda in dem finsteren Raum schwer atmen und sah die Feuchtigkeit, die aus ihrem Eingang lief. *Was bist du doch für eine attraktive Frau!*, ging ihm durch den Kopf. *Du könntest doch jeden haben. Warum ich?*

Als sie plötzlich beide Brüste in der Hand hielt und sich mit den Daumen über die dunklen Nippel fuhr, konnte er sich nicht mehr zurückhalten. Schnell öffnete er den Reißverschluss der Jeans und befreite seinen Ständer. Abermals stöhnte er auf. Wie gut ihm die Freiheit bekam!

Er befahl ihr weiterhin, sie solle sich mit einer Hand über die Brüste fahren und mit der anderen über ihre Schamlippen. Sie tat es.

Howard selbst nahm seinen Penis fest in eine Hand und begann, daran zu reiben. Auf der Spitze glänzten schon die ersten Lusttropfen. Es würde nicht mehr lange dauern und er explodierte. Zu lange schon hatte er keine Frau mehr gespürt, und sie jetzt nur ansehen, aber nicht berühren zu dürfen, brachte ihn beinahe um den Verstand. Er sah Miranda dabei zu, wie sie es sich selbst machte, während er das Gleiche bei sich tat. Immer wieder glitten ihre Finger zwischen ihre Falten, und wenn sie sie herauszog, glitzerte auf ihnen die Feuchtigkeit. *Verdammt, diese Frau würde aus Liebe wahrscheinlich alles für mich tun, und ich nutze das schamlos aus!* Ganz kurz regte sich sein Gewissen, bevor ihm erneut bewusst wurde, dass sie ihn bestohlen hatte. *Nein, ich werde ihr zeigen, dass sie so nicht mit mir umgehen kann! Nie wieder wird mich eine Frau auf den Arm nehmen!*

Als er sie stöhnen hörte, lang und kehlig, gaben seine Beine nach. Er stützte sich gerade noch mit einer Hand auf dem Schreibtisch ab und zog sich auf die Kante. Dabei berührten seine Finger den Baseballschläger. Ihm kam eine Idee. Wenn er sie schon nicht berühren durfte, so, wie er es ihr versprochen hatte, konnte er ihr wenigstens auf andere Art Befriedigung verschaffen und ihr zeigen, wer hier die Hosen anhatte!

Er nahm den Schläger am dicken Ende und hielt ihr den

schmalen Griff entgegen. Als der kühle Gegenstand ihren feuchten Eingang berührte, zuckte sie zusammen. Sie war anscheinend so mit sich selbst beschäftigt gewesen, dass sie überhaupt nicht bemerkt hatte, was er beabsichtigte.

»Das kann doch nicht dein Ernst sein!«, keuchte sie, doch er erkannte, dass sie sich förmlich danach sehnte. Ihre Hüften drückten sich ihm leicht entgegen.

»Wie ich schon sagte, ich will dich demütigen! Aber so, wie du gerade an dir rumspielst, macht es dir anscheinend mehr Spaß als ich dachte.« Er trat einen Schritt auf sie zu, wobei seine Erektion leicht auf und ab wippte. Er nahm lieber beide Hände für den schweren Schläger. Schließlich wollte er ihr nicht wehtun. »Steck ihn dir rein!«

»Was?« Sie klang atemlos.

Aber nicht so atemlos wie er. »Soll ich das lieber für dich tun?«

Als sie ihm darauf keine Antwort gab, drückte er den Gegenstand leicht nach vorne. Die nasse Pforte gab nach und der Griff glitt in sie hinein. Miranda stöhnte auf, wobei sie die Beine noch weiter öffnete.

Howard stand ganz dicht neben ihr und bearbeitete sie mit dem Baseballschläger, während sein Schwanz steif hervorragte. *So habe ich mir das nicht vorgestellt,* dachte er. Doch allein der Anblick, wie sie ihren Kitzler rieb und der Griff immer wieder schmatzend in sie hineinglitt, reichte aus, dass er gleich kam.

Plötzlich umschloss ihre Hand, die gerade noch an einer Brustspitze gezupft hatte, seinen Penis. Miranda drückte fest zu, während sie sich selber weiter rieb.

»Verdammt, was tust du da?«, keuchte er. *Fühlt sich das geil an!*

Doch ohne ihm zu antworten, massierte sie weiter. Kurz darauf schrie sie ihren Höhepunkt aus sich heraus und er ergoss sich in ihre Handfläche. Howard konnte sich nicht daran erinnern, wann er zuletzt so fantastischen Sex gehabt hatte. Erschöpft sank sie zurück auf die Liege und wischte sich die Finger auf der Papierauflage ab. Der Schläger landete polternd auf dem Boden. Howard verpackte schnell sein Glied in der Hose, während Miranda ihre Sachen richtete, doch plötzlich fing sie an zu weinen.

Verflixt, wie konnte er nur so die Beherrschung verlieren? Er hatte sie zum Sex gezwungen, sie erpresst – verflucht, was hatte er sich nur gedacht? Vor allem hatte sie jetzt etwas in der Hand, womit sie *ihn* erpressen konnte. Womöglich würde er noch seine Zulassung verlieren!

»Miranda, ich …!« Sein Herz schlug wie ein Presslufthammer gegen den Brustkorb und er bekam kaum noch Luft. Sie saß neben ihm, die Handflächen an ihr Gesicht gepresst, und weinte. Zögernd nahm er sie in die Arme. »Es tut mir leid.«

Plötzlich schmiegte sie den Kopf an seine Brust und umarmte ihn fest. »Nein, mir tut es leid, dass ich dein Vertrauen missbraucht habe. Ich bin nur so verzweifelt!«

Behutsam strich er über ihr Haar. »Du weißt, du hättest zu mir kommen können, wer auch immer dich dazu gezwungen hat das Morphium zu stehlen.«

Doch war er, Howard, besser als ihr Auftraggeber? Hatte er sie nicht gerade selbst zu etwas genötigt, was noch viel verwerflicher war?

»Ich wurde nicht gezwungen«, schluchzte sie. »Ich habe es für meinen Bruder getan.«

»Für Phillip?«

Sie nickte.

Phillip war seit Jahren Howards Patient. Er litt an Morbus Chron, einer chronischen und sehr schmerzhaften Entzündung des Verdauungskanals. »Aber, ich habe ihm doch Morphium verschrieben. Du hättest es nicht stehlen brauchen!«

»Seine Beschwerden sind sehr schlimm und er klagt seit Wochen über solche schmerzenden Gelenke, dass er sich kaum bewegen kann.«

Die letzte Untersuchung von Phillips Arthralgie, einer Begleiterscheinung bei Morbus Chron, hatte keine Verschlimmerung gezeigt. Deshalb hatte Howard die Dosis des Schmerzmittels nicht erhöht. »Vielleicht ist dein Bruder vom Morphium abhängig geworden und spielt dir etwas vor.«

»So etwas würde er niemals tun!«

»Hast du eine Ahnung, was Suchtkranke alles machen, um an Medikamente zu kommen ...« Er überlegte kurz. »Ich werde ihn mir genauer ansehen. Sollte sich mein Verdacht bestätigen, finden wir schon eine Lösung.«

»Und die Polizei?«, fragte sie leise.

Er kratzte sich am Kopf. »Vergiss die Anzeige.«

Erleichtert fiel sie ihm um den Hals, wobei sich ihre Wangen berührten. Howard drehte seinen Kopf nur ein kleines Stück und presste die Lippen auf ihren Mund.

Er dachte an seinen Vorsatz, erst einmal die Finger von den Frauen zu lassen, doch es war ihm plötzlich nicht mehr wichtig. Er hatte sie bereits nackt gesehen und sie seinen Schwanz berührt – also konnte er sie jetzt auch küssen.

Miranda erwiderte seinen Kuss leidenschaftlich. »Wie lange ich mir das schon gewünscht habe, Howard«, hauchte sie in seinen Mund, bevor ihm ihre Zunge wieder entgegenkam.

Ihm wurde klar, dass Miranda nur deswegen auf sein perverses Spiel eingegangen war, weil sie ihn liebte! Und er, Mistkerl, der er war, hatte ihre Gefühle schamlos ausgenutzt. »Miranda, ich weiß nicht, ob ich mich schon wieder auf eine Beziehung einlassen kann«, meinte er, obwohl er ein Kribbeln im Magen spürte. »Ich bin noch nicht so weit.«

Zärtlich fuhr sie ihm über die Wange. »Das macht nichts. Ich habe schon so lange auf dich gewartet, da kommt es auf ein paar Wochen mehr oder weniger auch nicht drauf an.«

»Du bist eine wunderbare Frau«, hauchte Howard, als er sie zurück auf die Untersuchungsliege drückte. »Wenn ich dich so vor mir liegen sehe, dann kommt mir der Gedanke, wir könnten uns doch gemeinsam so lange miteinander vergnügen, bis ich so weit bin.«

»Das ist eine ziemlich gute Idee!«, erwiderte sie lächelnd und machte sich am Reißverschluss seiner Hose zu schaffen.

Seelenlos

Samantha Summersby saß auf der Bank eines prächtigen Parks und betrachtete den glutroten Ball, der gerade hinter den Tannenspitzen verschwand. Die lange Auffahrt auf ihrer linken Seite lag schon im Dunkeln. Wie eine Schlange wand sich der Weg hinauf zu Blackwell Castle, einem rechteckigen und dreigeschossigen Herrenhaus, das machtvoll und düster auf der Anhöhe thronte. Das Zwielicht der Dämmerung tauchte den aufwändig verputzten Klinkerbau in ein dunkles Orangegrau, das dem alten Mauerwerk zusätzlich ein unheimliches Aussehen verlieh.

Es wirkt wie ein Geisterschloss, dachte die junge Frau.

Samantha bekam eine Gänsehaut, was aber nicht alleine am gruseligen Erscheinungsbild des historischen Gebäudes lag, sondern an dem mysteriösen Schlossbesitzer.

Als sie vor einigen Wochen auf Blackwell Castle angekommen war, hatte sie den Gerüchten keinen Glauben geschenkt. In den Klatschblättern konnte man lesen, dass sich Damian Blackwell, der ein direkter Nachfahre des Earl of Cunningham war, in seinem Haus verschanzte und weder Reporter noch Touristen in das alte Gemäuer ließ. Überhaupt kursierten allerhand seltsame Geschichten über diesen Mann, doch Samantha glaubte nicht, was in den Zeitungen stand und schon gar nicht, dass es in dem Gebäude spukte. Es musste dieses fantastische alte Haus sein, was die Reporter dazu antrieb, solch einen Schund zu erfinden. Aber jetzt, wo sie direkt davor stand, war sie sich nicht mehr so sicher.

Damian Blackwell hatte Samantha damit beauftragt, die alten Decken in den Räumen zu restaurieren. Dafür war die gelernte Stuckateurin extra aus Birmingham in den hohen Norden Englands gereist und bewohnte für die Dauer der Sanierungsarbeiten ein Gästezimmer im Schloss. Das war ihr erster Auftrag, seitdem sie sich selbstständig gemacht hatte. Samantha war überglücklich, denn Mr Blackwell zahlte außerordentlich gut. Mit Übereifer hatte sie sich in die Arbeit gestürzt.

Die meiste Zeit des Tages werkelte sie ungestört in den großen Räumen und wurde nur von dem Butler unterbrochen, der ihr im ehemaligen Rittersaal das Essen servierte. Mr Blackwell hingegen ließ sich so gut wie nie blicken. Dieser Mann schien so unheimlich zu sein wie sein Ruf. Samantha fand ihn trotzdem sehr attraktiv mit seiner großen Gestalt, dem pechschwarzen Haar und vor allem dem markanten Gesicht mit den anthrazitfarbenen Augen. Wenn sie ihn sah, was nur selten vorkam, brachte er ihr Herz jedes Mal zum Hüpfen.

Samantha erinnerte sich an ihre Ankunft, als der Schlossherr sie begrüßt und durch die Räume geführt hatte.

»Wenn Sie irgendetwas brauchen, egal was, dann sagen Sie es meinem Butler Smithers. Solange Sie hier auf meinem Schloss wohnen und arbeiten, soll es Ihnen an nichts fehlen, Miss Summersby.« Mr Blackwell hatte Samantha einen kurzen, aber so intensiven Blick geschenkt, dass ihr davon ganz schwindlig geworden war. Sie glaubte, ihn schon ewig zu kennen, doch diesem Mann schien es mit ihr nicht so zu ergehen. Nachdem seine dunklen Augen sie flüchtig gemustert hatten, war er einfach verschwunden.

Samantha genoss es, beim Restaurieren ihre Ruhe zu haben, doch sie wurde das Gefühl nicht los, ständig beobachtet zu werden. Auch vorhin, während des Abendessens, hatte sie sich in dem halbdunklen Raum andauernd umgeblickt. Erhellt durch die Flammen in einem mannshohen Kamin, dachte sie, die Ritterrüstungen, die an den Wänden aufgestellt waren, würden sich bewegen. Natürlich war es nur das flackernde Feuer, das gespenstige Schatten warf. Dennoch – dieses Kribbeln im Nacken war ständig vorhanden. Genauso wie der Geruch von Sandelholz, der sie permanent umgab. Diese warme, balsamische Note nahm sie besonders intensiv wahr, wenn Mr Blackwell sich in der Nähe aufhielt, und versetzte Samantha, was sie sehr verwirrte, in eine Art Dauererregung.

Würde sie an übersinnliche Geschichten glauben, hätte sie den Schlossherren für einen Vampir gehalten. Er war das Paradebeispiel eines mysteriösen Mannes, der sie alleine schon durch seine Anwesenheit in seinen erotischen Bann zog und ihre Brustspitzen hart werden ließ.

»Kann ich noch etwas für Sie tun, Miss Summersby?«

Erschrocken hob Samantha den Kopf und blickte direkt in das verwitterte Gesicht des Butlers. »Nein danke, Smithers.«

Als sich der alte Mann gerade zum Gehen wandte, setzte sie hinzu: »Ach, vielleicht doch! Seit meiner Ankunft habe ich Mr Blackwell kaum gesehen, und die liegt nun schon vier Wochen zurück. Können Sie mir sagen, wo er ist?«

Aus wässrigen Augen blickte der Diener zu ihr herab und meinte: »Mein Herr ist sehr beschäftigt.« Mit diesen Worten verschwand er.

Seufzend erhob Samantha sich und ging zum Herrenhaus.

Sie eilte durch die düsteren Korridore, um ihr Arbeitsmaterial zusammenzuräumen, bevor sie zu Bett ging. Die Tür des Salons, in dem sie zuletzt Ornamente gefertigt hatte, ließ sie weit offen stehen, da sie wieder das Gefühl hatte, beobachtet zu werden. Ständig blickte sie sich um.

Plötzlich streifte ein Luftzug ihre Wange und wehte eine braune Haarsträhne in ihre Stirn. Samantha fuhr hoch und ihre Nackenhaare stellten sich auf.

»Hallo?«, fragte sie vorsichtig und erschrak darüber, wie laut ihre Stimme in dem fast leeren Raum klang. Sofort schaute sie hinter sich, konnte aber niemanden entdecken, außer den drei großen Möbelstücken, die mit Laken abgedeckt waren, damit Gipsspritzer sie nicht beschädigen konnten.

Als sie sich wieder ihren Werkzeugen zuwandte, stieß sie einen leisen Schrei aus. Neben dem Bogenfenster lehnte ein großes, in ein Tuch gehülltes Rechteck, was sie bis eben noch nicht im Raum gesehen hatte.

Vielleicht habe ich es nur nicht bemerkt, versuchte Samantha ihr klopfendes Herz zu beruhigen.

Langsam trat sie auf den Gegenstand zu, von dem sie nun wusste, dass es sich um ein Bild handeln musste, denn ein verzierter Goldrahmen war an einer Ecke unter dem verrutschten Tuch zu erkennen. Kurz bevor sie es erreichte, glitt das Laken wie von Geisterhand zu Boden.

Samantha schnappte nach Luft. Der düstere Mann auf dem riesigen Gemälde fesselte sofort ihren Blick und ließ ihre Angst vergessen: Die große, breitschultrige Person saß auf einem prachtvollen Hengst. Anhand der besonderen Maltechnik und der dargestellten Kleidung erkannte Samantha, dass es sich um ein Portrait aus dem 19. Jahrhundert handelte. Der Mann trug einen dunklen, eng anliegenden Frack, weiße Handschuhe, cremefarbene Hosen und Stiefel, die ihm bis zu den Knien reichten. Sein Haupt zierte ein glänzender Zylinder, unter dem pechschwarzes Haar hervorlugte. Aus dunklen Augen blickte der Reiter auf sie herab.

Trotz langer Koteletten erkannte Samantha ihn sofort: Damian Blackwell! Aber das konnte nicht sein! Da sie sich mit antiken Gegenständen auskannte, wusste sie mit Sicherheit, dass dieses Bild schon uralt war! Dennoch war die Ähnlichkeit dieser beiden Personen überwältigend. Samantha glaubte an einen Urahn.

»Er ist es, Samantha!«, flüsterte plötzlich eine weibliche Stimme in ihr Ohr.

Samantha drehte sich mit rasendem Herzen um, doch da war niemand. »Ich werde hier noch verrückt!«, fluchte sie und wischte sich die staubigen Hände an ihrer Hose ab. Dann machte sie sich mit den Worten »Morgen reise ich ab. Hier halte ich es keine Minute länger aus!« auf den Weg in ihr Zimmer.

***

Nachdem sie sich geduscht und den Pyjama übergezogen hatte, sperrte Samantha ihre Tür zwei Mal ab, löschte das Licht und schlüpfte in ein riesiges Himmelbett. Dieses Möbelstück allerdings als »Bett« zu bezeichnen, war in etwa so, als würde man die Kathedrale von Durham eine »Kirche« nennen, denn das war das größte Bett, das Samantha in ihrem Leben gesehen hatte. Die Matratze lag etwa hüfthoch über dem Boden und es bedurfte drei Stufen, um das Monstrum zu besteigen.

Samantha war sich sicher, dass sie es hier nicht mit dem Gästezimmer, sondern dem ehemaligen Schlafgemach der Countess of Cunningham zu tun hatte. Was wahrscheinlich bedeutete, dass Mr Blackwell gleich nebenan schlief, auch wenn sie durch die Verbindungstür, die zum Glück abgeschlossen war, noch nie ein Geräusch gehört hatte.

Samantha zog sich die Decke bis zum Kinn und lauschte angestrengt in die Dunkelheit. Sie war sich ziemlich sicher, dass Damian Blackwell jede Nacht zu ihr kam, und heute wollte sie auf ihn warten und versuchen, wach zu bleiben, um zu sehen, ob sie nur träumte, oder ob es real war, dass er sich ihr näherte. Jede Nacht endete mit einem überwältigenden Orgasmus. Es existierten sogar jene verräterischen Spuren, die ein Mann hinterließ, wenn er mit einer Frau schlief. Jeden Morgen fand sie dieses klebrige Zeug in ihrem Slip. Noch ein Grund, weswegen sie es hier nicht mehr länger aushielt!

Sollte sich der Schlossherr für die weiteren Zimmer, die sie noch nicht restauriert hatte, jemand anderen suchen. Auch nicht für alles Geld der Welt würde sie noch eine Nacht länger in Blackwell Castle bleiben. »Morgen früh packe ich und dann sieht mich dieses alte Gemäuer nie wieder«, murmelte Samantha in ihre Bettdecke, während sie langsam eindöste.

¤¤¤

Zwei Stunden später löste sich eine große Gestalt aus einer finsteren Ecke in Samanthas Zimmer und glitt geräuschlos auf das Bett zu. Obwohl kaum Licht durch die hohen Fenster drang, erkannten Damians Augen in der Dunkelheit jedes Detail. Er zog Samantha die Decke bis über die Brust herunter, öffnete ihr Oberteil und betrachtete minutenlang das Gesicht und ihren Busen. Die langen Haare lagen wie ein dunkler Fächer auf dem Kissen und ihre Lippen waren leicht geöffnet. Ein kleiner Seufzer ihrerseits ließ seine Hoden zusammenziehen.

Damian wollte nur diese Frau und das war der einzige Grund, warum sie in seinem Haus arbeitete. Die alten Gipsornamente waren ihm völlig egal. Die Renovierungsarbeiten hatten lediglich als Vorwand gedient, um sie nach Blackwell Castle zu locken. Denn nach jahrzehntelanger Suche und Nachforschung hatte Damian herausgefunden, dass nur Samantha Summersby seinem erbärmlichen Dasein ein Ende bereiten könnte. Nur sie besaß ... seine Seele!

»Liebe mich ...«, flüsterte er in ihr Ohr, während er die Decke weiter an ihrem Körper herabzog. Damian hatte dieses endlose Leben satt. Besäße er seine Seele wieder, könnte er altern und sterben wie jeder andere Mensch, was ihm eines Tages ein friedliches Ende bescheren würde.

Wie ein Inkubus – ein lüsterner Dämon, der sich von der Lebensenergie schlafender Frauen nährte – nahm er Samanthas Körper jede Nacht in Besitz. Er versuchte ihr dabei Teile seiner Seele zu entziehen, doch sie schienen zu tief in Samantha verborgen, wahrscheinlich deshalb, weil sie ihn nicht liebte. Nur die wahre Liebe würde seine Seele freigeben.

Mehrere Tage schlief er nun schon mit Samantha, an der er immer mehr Gefallen fand. Dank eines einfachen Zauberspruches erwachte sie nicht. Er fühlte sich schlecht, dass er sie ohne ihr Wissen nahm, doch sah er für sich keine andere Lösung.

Ihre Worte des Verlassens hatte Damian gehört und er wusste, dass ihm nur noch eine einzige Chance blieb, um an seine Sterblichkeit zu gelangen.

Vielleicht hätte er sie wie ein ganz normaler Mann umwerben sollen, um ihre Zuneigung viel schneller gewinnen zu können. Aber was hätte er zu ihr sagen sollen? Es war schon viele Jahrzehnte her, seit er einer Frau den Hof gemacht hatte und er lebte in einer Zeit, in der niemand mehr an echte Magie und fabelhafte Geschöpfe glaubte. Doch jetzt war es zu spät sich darüber den Kopf zu zerbrechen. Sie würde fortgehen.

Ohne ihn, aber mit einem Teil von ihm.

»Gib mir deine Liebe und erlöse mich ...«, hauchte er, als er ihr die Pyjamahose nach unten zog. Lange Beine kamen zum Vorschein, doch am meisten erregte ihn, wie jede Nacht, das dunkle Dreieck zwischen ihren Schenkeln. Der Duft, den es verströmte, machte ihn schwindlig. Er küsste sie auf die weichen Locken und fragte sich immer wieder, ob sie auch so kastanienbraun waren wie ihr Haar, worauf ein Beben durch seinen Körper ging. Obwohl Damian im Dunkeln sehr gut sehen konnte, war es ihm nicht möglich, Farben zu erkennen.

Er beugte sich zu den kleinen, runden Brüsten, deren dunkle Spitzen sich deutlich von der hellen Haut abhoben. Als er eine davon in den Mund nahm und daran saugte, stellte sie sich sofort auf. Samantha seufzte, was seinem Geschlecht Leben einhauchte.

Unruhig drehte sie sich auf die Seite. Damian, der zwar unsichtbar, aber dennoch nackt war, schmiegte sich von hinten an ihren warmen Körper. Ihre zarte Haut auf seiner zu spüren, ließ ihn sofort auf die volle Größe anschwellen. Ungeduldig presste er sich gegen ihr Hinterteil. »Samantha ...«, flüsterte Damian und strich ihr eine Strähne zur Seite, sodass er sie auf die Wange küssen konnte.

Die Nase in ihr seidiges Haar vergraben, streichelte er ihre zierliche Gestalt. Seine Finger umschlossen eine Brust, massierten sie zärtlich und zwirbelten die spitze Knospe, an der er nur zu gern saugen wollte. Doch seine Hand glitt tiefer, über den weichen Bauch bis zwischen ihre Beine.

Samantha stöhnte leise, als Damian ihre Spalte erkundete, die immer feuchter wurde, je mehr er an ihr rieb. Mit den Fingern teilte er ihre Schamlippen und spielte an der geschwollenen Perle. Wie bereit sie jedes Mal für ihn war, wunderte er sich, als er mit einem Finger in sie eindrang, um die sämige Nässe zu verteilen. Anschließend hob er ihr Bein an, damit sie sich weiter für ihn öffnete, und schob sich langsam in sie hinein. Seine dicke, pulsierende Spitze in ihre Hitze zu tauchen, auch wenn er in dieser Stellung nicht besonders tief vordringen konnte, fühlte sich fantastisch an.

Ganz gemächlich glitt er in ihr vor und zurück, wobei es ihn eine enorme Beherrschung kostete, nicht plötzlich wild in sie zu stoßen. Samanthas Inneres umschloss ihn fest wie eine Faust. Er spürte die heftigen Kontraktionen, die an seinem Glied saugten und drückten, worauf er wusste, dass sie kurz vor der Erfüllung stand. Das war immer der Moment, in dem sich ihr Körper von seiner Seele löste, und die letzte Gelegenheit, seine Sterblichkeit wiederzuerlangen. Mit grimmiger Entschlossenheit rieb er an ihrem Kitzler, und schon bog sie keuchend ihren Rücken durch.

Nicht nur Damians Penis drang in sie ein, auch sein Bewusstsein. Er suchte in ihrem Herzen und in ihrem Kopf, doch er fand seine Seele nicht, obgleich er deutlich spürte, dass er nahe dran war. Heute sogar noch mehr als zuvor. Verzweifelt wehrte er sich dagegen, von ihrem Geist verdrängt zu werden, doch er hatte keine Chance. In dem Augenblick, als sie ihn aussperrte, entlud er sich keuchend in ihr.

Damian schmiegte sich von hinten an Samantha, denn diese letzte Nacht wollte er gemeinsam mit ihr verbringen, wollte sie im Arm halten, bis sie erwachte, ihr beim Packen zusehen und sie ... gehen lassen?

Nein! Auf keinen Fall! Vielleicht sollte er sie in diesem Zimmer einsperren und sie so lange umwerben und verführen, bis sie ihn lieben würde ...

¤ ¤ ¤

Samantha lag seit dem Augenblick, wo sie bemerkt hatte, dass ihr der Pyjama vom Körper gezogen wurde, wach. Ihr Herz klopfte wie ein Presslufthammer. Auch wenn sie in der Dunkelheit nichts sah, wusste sie, dass es Damian Blackwell war. Sie konnte ihn riechen und fühlte seine großen schlanken Hände überall auf ihrem Körper.

Er hatte das Unvorstellbare geschafft, sie zum Höhepunkt zu bringen, trotz der unaussprechlich großen Angst vor ihm. Was war das nur für ein Mann, der sich nachts in ihr Zimmer schlich und sich an ihr bediente? Und was war sie nur für eine Frau, der auch noch gefiel, dass er sie einfach nahm?

Angestrengt lauschte sie in die Finsternis, in der sie seine Atemzüge dicht an ihrem Ohr vernahm. Wie lange würde er noch bei ihr liegen? Sie musste so schnell wie möglich hier weg und die Polizei benachrichtigen! Wer wusste, was er ihr antat, wenn er herausfand, dass sie nicht mehr schlief?

Ganz langsam, Millimeter für Millimeter, schob sich ihre Hand unter das Kopfkissen, wo sie schon seit Tagen ein Messer versteckte. Es kam ihr wie Stunden vor, als sie es endlich erreichte. Die eine Hand fest um den Schaft der Klinge geschlossen, wanderte ihre andere zu dem Schalter der Nachttischlampe, während Blackwells heißer Körper beinahe ihren Rücken versengte und sein angenehmer Geruch ihren Verstand benebelte. *Er hat dich praktisch vergewaltigt, Samantha!* Ihr vernünftig denkendes Gehirn versuchte verzweifelt, sich Damians Anziehungskraft zu widersetzen.

Abermals in die Dunkelheit lauschend, hörte sie ihn nun tief und gleichmäßig atmen. Als sie glaubte, er wäre endlich eingeschlafen, zog sich seine Hand jedoch noch fester um ihre Brust. Sofort richtete sich die verräterische Knospe auf.

Samantha drückte auf den Lichtschalter, wandte sich blitzschnell aus seinem Griff und warf sich auf den großen Mann. Sie hörte ihn überrascht aufkeuchen. Doch, oh Schreck! Sie konnte ihn nicht sehen!

Sie spürte seinen warmen Atem im Gesicht, fühlte die Hitze seiner Gestalt. Der balsamische Geruch war überwältigend! Es wirkte so, als würde ihr Körper mehrere Zentimeter über der Matratze schweben und das Einzige, was sie sah, war das eingedrückte Kissen.

Ein hysterisches Lachen brach aus ihr hervor. »Ich bin verrückt! Himmel, ich drehe gleich durch!« Tränen verschleierten ihre Sicht, weshalb sie kurz die Lider zusammenkniff, doch als sie diese wieder öffnete, erblickte sie ... ihn! Sie starrte direkt in Damian Blackwells dunkle Augen!

Samantha stieß einen Schrei aus und sofort legten sich seine Finger über ihren Mund. Er rollte sich mit ihr herum und entriss ihr das Messer.

Sie versuchte sich verbissen gegen ihn zu wehren, trat und schlug um sich, doch gegen seine Kräfte kam sie nicht an.

»Beruhige dich! Du bist nicht verrückt. Außerdem werde ich dir nichts tun!«

Er verlagerte das Gewicht und legte sich an ihre Seite, eine Hand auf ihrer Hüfte. Samantha konnte ihn einfach nur anstarren. Mr Blackwell besaß einen solch sinnlichen Mund, dass sie ihn am liebsten sofort geküsst hätte, wenn er nicht Luzifer persönlich gewesen wäre. Seine kinnlangen Haare fielen ihm wirr ins Gesicht und ließen ihn noch animalischer erscheinen.

Samantha atmete kaum und ihr Antlitz musste einer Maske gleichen. Doch spürte sie deutlich das erregte Pochen der Ader an ihrem Hals und noch ein anderes Pochen, das von der kleinen Perle unterhalb ihres Venushügels ausging, auf dem

Damians Oberschenkel lag. Was war nur los mit ihr? Warum erregte dieser teuflische Mann sie so sehr?

Samantha stammelte: »Bleiben Sie weg von mir«, als sie seinen Arm von sich schob und rückwärts aus dem Bett kroch. Sie wollte so schnell wie möglich diesem Albtraum entfliehen. Nach ihrer Handtasche greifend, die auf dem Nachttisch lag, lief sie auf die Tür zu. Ihre zitternden Finger versuchten vergeblich den Schlüssel im Schloss zu drehen. Immer wieder warf sie dabei hastige Blicke über die Schulter, doch der Schlossherr saß einfach nur im Bett und sah ihr zu. Sein nackter Oberkörper war attraktiv und männlich, der Rest war unter der Decke versteckt. Unter anderen Umständen hätte Samantha mit Sicherheit mehr als Gefallen an ihm gefunden. Damians rabenschwarzes Haar war zerzaust und ließ ihn jungenhaft aussehen, obwohl er bestimmt über dreißig war.

»Klick!« Nicht nur das Geräusch des sich drehenden Schlüssels ließ Samantha zusammenzucken und erstarren. Es waren diese anthrazitfarbenen Augen, die sie für einen kurzen Moment innehalten ließen. Der Schlossherr besaß genau denselben düsteren Gesichtsausdruck wie der Mann auf dem Bild!

Er flüsterte: »Bitte, Samantha, bleib hier.«

Als er sich aufrichtete, loderte ihre Panik wieder auf. Für den Bruchteil einer Sekunde erblickte sie sein Geschlecht. Grundgütiger! Was für ein gewaltiges Teil! Dann verdeckte er es schnell mit einer Hand.

»Klick!« Die Tür war offen, doch bis zum Auto war es noch ein weiter Weg.

Samantha glaubte, dass er sie fassen würde, sobald sie ihm den Rücken zukehrte, deshalb lief sie, wie sie noch nie zuvor in ihrem Leben gelaufen war. Ihre nackten Füße trafen klatschend auf den kalten Marmorboden. Der Laut hallte von den Wänden und gab ihr das Gefühl, verfolgt zu werden. Das Blut rauschte und klopfte wild in ihren Ohren, das Herz schlug ihr bis zum Hals. Die langen düsteren Gänge, nur schwach erhellt durch die Notbeleuchtung, schienen kein Ende zu nehmen.

Das Echo der eigenen Schritte und ihr Schatten jagten sie wie ein Phantom, als sie die breite Treppe hinunterlief und vor sich das Eingangsportal erblickte. Nur noch wenige Meter trennten sie von der Freiheit. Doch kurz vor der Tür prallte sie gegen Damians nackte Brust! Samantha stieß einen Schrei aus.

Wie aus dem Nichts war er plötzlich vor ihr aufgetaucht und seine Arme schlossen sich wie Stahl um sie. »Du wirst mich nicht verlassen, Samantha!«, sagte er kalt und bedrohlich.

Himmel, der Mann sah sie an, als wollte er sie gleich umbringen! *Seine Augen! Sie wirken beinahe schwarz!* Dennoch registrierte sie dankbar, dass er sich wenigstens eine Pyjamahose übergezogen hatte.

Verzweifelt versuchte sie sich aus dem eisernen Griff zu befreien und daran zu erinnern, was ihr der Trainer damals im Selbstverteidigungskurs beigebracht hatte. Sofort stieß sie ihre Stirn gegen seine Nase, während sie ihm zeitgleich das Knie zwischen die Beine trieb.

»Du Biest!«, keuchte er, und Samantha nutzte den Augenblick, als er den Griff lockerte. Unter seinen Armen hervorschlüpfend, rannte sie zur Tür, zwängte sich durch den Spalt und lief über den dunklen Hof auf ihr Auto zu. Die spitzen Kieselsteine piecksten in ihre nackten Fußsohlen und die Lungen brannten wie Feuer. Doch das war Samantha egal, sie wollte nur hier weg. Im bleichen Licht des Mondes fingerte sie in der Handtasche nach dem Zündschlüssel.

¤ ¤ ¤

Damian hielt sich die blutende Nase mit der einen und wog seine Kronjuwelen in der anderen Hand, doch den Schmerz nahm er kaum wahr. Die Wunden verheilten beinahe so schnell wie sie ihm zugefügt wurden. Das war der einzige Vorteil seines seelenlosen Daseins.

Er fragte sich, wie es sein konnte, dass sie aufgewacht war und was sie alles mitbekommen hatte. Schnaubend stieß er die eisenbeschlagene Tür auf und erblickte Samantha, die sich gerade in den Beetle schwang. Schon jaulte der Motor auf und die Scheinwerfer gingen an.

Wenn sie das Schloss verlassen wollte, ging das nur durch das Haupttor, doch da musste sie zuerst an ihm vorbei. Mit ausgebreiteten Armen stellte er sich unter den Bogen und registrierte verwundert, dass sich das Gefährt, als Damians Gestalt von den Lichtstrahlen erfasst wurde, sogar noch beschleunigte. Keine zwei Sekunden später wirbelte der Schlossherr mit einem lauten Aufschrei durch die Luft.

Hexe!, schoss ihm durch den Kopf, bevor er hart auf dem Kies aufschlug.

¤ ¤ ¤

»Idiot!«, schrie Samantha, als sein Körper von der Motorhaube erfasst wurde und gegen die Frontscheibe knallte, die sich nach einem lauten »Päng« mit unzähligen Rissen durchzog. Samantha rammte den Fuß in das Bremspedal, worauf der VW schlitternd zum Stillstand kam und der Motor erstarb.

»Oh mein Gott!« Panisch wurde ihr bewusst, dass sie gerade einen Menschen überfahren hatte. Niemals hätte sie gedacht, dass dieser Irre in der Durchfahrt stehenbleiben würde!

Mit zitternden Knien stieg Samantha aus dem Wagen.

Sofort sah sie die große Gestalt, die sich bäuchlings in den Kies gegraben hatte, als hätte ein Meteorit darin eingeschlagen.

Damians Kopf war in einem unnatürlichen Winkel verdreht.

Ein kurzer Blick auf die Fassade des Hauses zeigte ihr, dass wohl niemand den Unfall mitbekommen hatte. Hinter keinem der Fenster flackerte ein Licht auf.

Die kühle Nachtluft ließ eine Gänsehaut auf ihrem verschwitzten Körper erscheinen. Bibbernd vor Kälte und des Schocks, blickte sie auf ihn hinab, während ihr die Tränen in den Augen standen. Diesen heftigen Aufprall konnte er unmöglich überlebt haben. Nach und nach sickerte in ihr Gehirn, dass sie einen Menschen getötet hatte!

»Oh Gott! Das wollte ich nicht!«, sagte sie mit zitternder Stimme, als plötzlich Damians Arm hervorschoss und ihr Handgelenk umklammert wurde, als wäre sie in einem Schraubstock gefangen.

Samantha stieß einen Schrei aus. Ihr Herz hämmerte wild, als der große Mann aufstand und sie nach oben zog, während sich knackend seine Halswirbel einrenkten. Dieses Geräusch verursachte in ihr Übelkeit. An seinem Körper konnte sie nicht das geringste Anzeichen einer Verletzung erkennen, obwohl seine Pyjamahose total ramponiert aussah.

»Du hast sie wohl nicht alle! Das war ziemlich gemein von dir, du Hexe«, erzürnte er sich und zerrte sie ins Schloss zurück.

»Was ... wie ... aber warum sind Sie ...«

»... weder verletzt noch tot?«, schnaubte er. »So schnell bringt mich nichts um.« Damian lockerte seinen Griff und Samantha bemerkte, dass sie ihm aus freien Stücken folgte. Ihre Erleichterung darüber, dass er noch lebte, überdeckte wohl ihre Angst. Sie war sogar froh über seinen Zorn! Hauptsache, er lebte.

¤¤¤

Damian führte Samantha in die Ahnengalerie, wobei seine Gedanken immer wieder zu der Szene von eben zurückkehrten und an ihm nagten: Sie hatte ihn einfach überfahren! In dieser Frau steckte anscheinend mehr von ihren Vorfahren, als ihm lieb war.

Vor einem großen Portrait blieb er stehen und sagte: »Das bin ich. Der Earl von Cunningham.« Er blickte sie an.

Samantha starrte ungläubig zurück.

Ruhig versuchte er ihr zu erklären, dass sie eine ganz besondere Frau war – die letzte eines mächtigen Hexengeschlechts.

Verständnislos schüttelte sie den Kopf. »Hexen waren meine Vorfahren?«

Er nickte. »Ja. Die Hexe Meredith, deren Ur-Urenkelin du bist, hat mir damals, als ich noch der Earl von Cunningham gewesen bin, meine Seele genommen.«

»Warum?«, fragte Samantha.

Er zögerte. »Weil ... weil ich mich der schwarzen Magie verschworen habe«, erklärte er.

»Oh Gott.« Samantha blickte wieder auf das Bild.

Damian fuhr fort: »Meine Seele wird nun von Generation zu Generation an das erstgeborene Mädchen deiner Familie weitergegeben, ohne dass sie es weiß oder bemerken könnte.« Er beobachtete Samantha, die schwer atmete.

Damian setzte nun alles daran, sich endlich seine Seele zurückzuholen. Zu lange schon hatte er sein Schicksal untätig hingenommen. Doch das funktionierte nur, wenn er Samanthas Liebe gewann, was er ihr natürlich tunlichst verschwieg. Er musste sie einfach dazu bringen, ihn zu lieben. Deshalb wich er ihr am Tag nur sehr selten von der Seite. Sie konnte ihn zwar nicht sehen, allerdings hatte er bemerkt, dass sie seine Anwesenheit spürte. Ihre Reaktion auf ihn hatte Damian angenehm überrascht. Deswegen fügte er mutig hinzu: »Ich kann mich unsichtbar machen, wann und wo es mir beliebt, denn ich bin als eine Art Dämon zum ewigen Dasein verdammt.«

¤ ¤ ¤

»Samantha«, sagte er sanft und wollte ihre Hand berühren, doch sie entzog sie ihm sofort. Sie spürte, dass er sie beobachtete, während Samantha versuchte, all das Gesagte zu verarbeiten. Nach einer Weile flüsterte sie: »Dämon ... schwarze Magie ... Hexen.« Hätte es Samantha nicht mit eigenen Augen gesehen, wie er sich im Bett sichtbar gemacht und sich selbst das gebrochene Genick eingerenkt hatte, würde sie es immer noch kaum glauben. »Ich trage tatsächlich deine Seele in mir?«

Er nickte.

»Du bist wirklich der Earl? Und ein Dämon?«

»Leibhaftig.«

Bisher hatte Samantha gehofft, dass alles, was um sie herum geschah, an ihrer Einbildungskraft und blühenden Fantasie lag. Auch die Nächte mit dem Sex, von denen sie gedacht hatte, sie würde sich nur alles zusammengeträumt haben, waren real gewesen. Samantha erschauderte. Sie musste unbedingt aus diesem Haus verschwinden und von diesem Dämon wegkommen. Doch wie sollte sie das anstellen? Am besten brachte sie ihn einfach um. Doch das hatte sie ja schon versucht. Und wie war das jetzt mit der Seele ...

Ihre wirren Gedanken wurden allerdings von seiner Attraktivität abgelenkt. Fasziniert starrte sie auf seinen flachen Bauch, von dessen Mitte eine dunkle Spur feiner Härchen im Bund der Hose verschwand. Und was er darin verborgen hatte ...

Damian schenkte ihr ein Lächeln, als sie ihm wieder in die Augen blickte. »Und«, fragte er, »gibst du mir nun meine Seele wieder?«

Samanthas Herz hämmerte schmerzhaft gegen ihre Rippen, als sie hauchte: »Was muss ich dafür tun?«

Er trat so nahe an sie heran, dass sie seine Körperwärme fühlen konnte. Der Blick aus seinen dunklen Augen schien Löcher in ihre Kleidung zu brennen. »Dich mit mir vereinen.«

Sofort hielt Samantha die Luft an, denn sein Geruch vernebelte ihre Sinne, doch sie wich nicht vor ihm zurück.

»Vereinen? Das hast du doch schon getan!«

»Ja, aber du warst nicht bei mir ...«

»Zuvor möchte ich aber noch wissen, warum du dich der schwarzen Magie verschrieben hast.« Verdammt, das war jetzt praktisch ein Ja gewesen, war sie nun völlig durchgedreht?

Ein Schatten huschte über sein Gesicht. »Du wirst es noch erfahren. Alles zu seiner Zeit.«

Wenn Damian ihr etwas verschwieg, sprach das nicht gerade für ihn, doch Samantha würde das Spiel mitspielen. Wenn dieser Kerl wirklich ein Dämon war, so war er unsagbar gefährlich. Seine Seele würde ihn wieder in einen normalen Menschen verwandeln und dann könnte sie sich dafür rächen, was er ihr angetan hatte. Ihr war es, als würde eine Stimme in ihrem Kopf unablässig flüstern: »Töte ihn, Samantha! Er hat nichts anderes verdient.« Doch wollte sie das wirklich?

Plötzlich ergriff Damian Samanthas Handgelenk und ihr Herz setzte einen Schlag aus. »Dieser Armreifen ... wo hast du ihn her?«

Sie blickte auf das goldene Kettchen mit den mysteriösen Symbolen, von denen sie nicht wusste, was sie bedeuteten, und bemerkte, wie stark ihre Hand zitterte. »Ich habe es von meiner Mutter. Ein Familienerbstück.«

»Das hab ich noch nie bei dir gesehen.«

»Wenn ich ins Bett gehe, nehme ich es immer ab.«

»Du hast es also heute Nacht getragen, und die Nacht davor nicht?« Sofort ließ er ihre Hand los, als hätte er sich daran verbrannt. »Es ist von Meredith! Deswegen bist du aufgewacht.« Anscheinend hatte es seinen Schlafzauber blockiert.

»Lass uns nicht von Hexen reden. Ich möchte dir endlich deine Seele zurückgeben«, lächelte sie, wobei sie über seine Brust streichelte, doch am liebsten wäre sie schreiend davongerannt. Aber sie musste stark sein. Nur sie allein konnte dem Ganzen ein Ende setzen.

¤ ¤ ¤

Damian sog scharf die Luft ein. Was hatte plötzlich ihren Stimmungswechsel verursacht? Doch egal – sie wollte ihm helfen. Aber er musste trotzdem vor ihr auf der Hut sein, schließlich floss Merediths Blut in ihren Adern.

Er lief vor ihr her, und als sie bei seinem Schlafzimmer ankamen, bedeutete er ihr, einzutreten.

¤ ¤ ¤

Beim Schließen der Tür fiel Samantha sofort ein merkwürdiges Symbol in Form eines Baumes auf, das dort hineingeritzt worden war. Seltsamerweise fühlte sie sich plötzlich von allen Rachegedanken befreit.

Damian stand mitten im Raum, die Arme hinter dem Rücken verschränkt, und blickte sie einfach nur an. Samantha überbrückte die peinliche Stille, indem sie die antiken Möbel betrachtete. Als ihr Auge auf sein gewaltiges Bett fiel, wurde ihr sofort klar, dass es das Pendant zu dem in ihrem Zimmer war und der Countess of Cunningham gehört haben musste.

»Gefällt es dir?« Damian schenkte ihr einen Blick, bei dem ihr ganz heiß wurde.

Scheinbar interessiert strich sie mit den Fingern über die seidenweichen, dunkelblauen Vorhänge, die den Betthimmel zierten, und bewunderte die kunstvoll geschnitzten Pfosten. Aber innerlich war sie viel zu aufgeregt, um das alles in sich aufzunehmen. Zum Glück spendete die Nachttischlampe nur ein schwaches Licht, denn ihre Wangen hatten sicher die Farbe von reifen Tomaten angenommen.

»Soll ich mich schon mal ausziehen?«, entkam es ihr ungewollt. Sofort biss sie sich auf die Lippe. Er musste sie ja für leichte Beute halten.

Überrascht sah Damian sie an. Er räusperte sich, fand aber anscheinend seine Sprache nicht. So deutete er nur einladend aufs Bett, während er sich, ihr den Rücken zugewandt, auf der Matratze niederließ und die Hose herunterzog. Dann verschwand Damian unter der Decke. Samantha konnte schnell einen Blick auf sein knackiges Hinterteil erhaschen.

Ihr Herz klopfte heftig. Je intensiver sie den Schlossherren betrachtete, desto mehr wollte sie ihn spüren.

Sie stellte sich vor das Bett und zog sich ganz langsam das Oberteil über den Kopf. Dabei bemerkte sie, wie Damian zu ihr herübersah. Sein brennender Blick brachte ihre Nippel dazu, sich sofort zu versteifen.

Dann drehte sie sich um und streckte ihm provokativ ihren Po entgegen, während sie wie in Zeitlupe aus der Hose stieg.

¤ ¤ ¤

Sie ist eine Hexe, durch und durch!, dachte Damian und setzte sich im Bett auf. Zur Hölle mit seiner Diskretion! Er wollte sie unter sich spüren und jedes Detail ihres aufregenden Körpers in sich aufnehmen!

Damian konnte sich an ihrem Hinterteil nicht sattsehen. Noch immer ihm den Rücken zugewandt, zog sie sich nun den schmalen Slip aus, den sie mit dem Fuß zur Seite schleuderte.

Warum zeigt sie sich nicht? Damians Penis spannte schon unangenehm, so prall ließ ihn allein der Anblick ihrer aufregenden Kurven werden. »Bitte, dreh dich um.« Seine Stimme klang dunkel und rau, da er versuchte, seine Erregung in Schach zu halten. Wenn er nicht bald in sie stieß, würde er wahnsinnig werden!

Zögerlich gehorchte Samantha und Damian stockte der Atem. Bei Licht wirkten ihre runden Brüste noch schöner und standen wie zwei perfekte Halbkugeln von ihrem Oberkörper ab. Auf ihrer Mitte reckten sich ihm die kleinen Knospen sehnsüchtig entgegen, und am liebsten hätte er sie sofort eingesaugt, um sie mit der Zunge zu verwöhnen. Aber er wollte nichts überstürzen. Für Samantha würde es das erste »richtige« Mal mit ihm sein.

Der schmale Streifen ihres Schamhaars, so bemerkte er, hatte tatsächlich die Farbe von Kastanien. Doch zugleich bereute er, so genau hingeschaut zu haben. Unbewusst hatte sich eine Hand um seine Erektion geschlossen und er wäre beinahe durch den angenehmen Druck seiner eigenen Finger gekommen.

¤ ¤ ¤

Samantha schritt die drei Stufen empor, nie die Augen von Damians Körper nehmend. *Ich habe genau gesehen, wo du deine Hand hast*, dachte sie, und wunderte sich über ihre Unverfrorenheit. Sie konnte es plötzlich kaum erwarten, ihn zu berühren. Was war nur los mit ihr?

Er hob eine Ecke des Lakens an, und sie schlüpfte schnell unter die Decke, darauf wartend, was dieser attraktive Schlossherr nun mit ihr anstellen würde.

Erst sah es so aus, als würde nichts geschehen, doch dann beugte er sich zu ihr herüber, um sie zögerlich auf einen Mundwinkel zu küssen. Samantha griff in sein Haar und zog seine

Lippen auf ihre. Sein heißer Atem drang in ihren Mund und kurz darauf auch seine Zunge. Vorsichtig erkundete er damit ihre Mundhöhle, wobei es sich so anfühlte, als hätte er nicht viel Erfahrung mit dem Küssen.

Warum so schüchtern, Dämon?, dachte sie, doch plötzlich erkannte Samantha an seinem Blick, dass er alles andere als das war!

¤ ¤ ¤

Tatsächlich konnte Damian sich kaum beherrschen. Samantha schmeckte süß und duftete unglaublich gut! Gierig schnappten seine Lippen nach ihrer weichen Haut, während er über ihre schlanken Arme streichelte. Wie erstarrt lag sie unter ihm und er fühlte ihre Angst, doch zugleich bewunderte er ihren Mut. Sie hatte so viel von Meredith in sich, dass er auf der Hut sein musste! Doch wie konnte er das, wenn ihm diese verführerische Frau gerade das letzte bisschen Verstand raubte?

Damian glitt auf ihren weichen Körper und rieb sich an ihrer Haut, während er Samantha unablässig küsste. Langsam schien sie sich unter ihm zu entspannen. Ihre Finger wanderten an den Muskelsträngen seines Rückens entlang, streichelten seine Schultern und fuhren dann tiefer, zu seinem Gesäß. Als sie zudrückte, schwoll seine Männlichkeit noch mehr an.

»Weib«, grummelte er an ihren Hals, »wenn du so weiter machst, wird das nichts mehr mit meiner Seele.«

»Weib?« Aus großen Augen blickte sie ihn an.

¤ ¤ ¤

Das Lächeln, das Damian Samantha schenkte, war so echt und rein, dass sie Herzflattern bekam.

»Entschuldige, Samantha, alte Gewohnheiten.« Sein Körper bebte und sie spürte seine Härte auf ihrem Venushügel. Die Hände neben ihrem Kopf abgestützt, rieb er sich an ihr, zog sein Geschlecht durch ihre Schamlippen und keuchte leise.

»Lass mich dich auf meine Art verwöhnen«, flüsterte er in ihr Ohr.

Dagegen hatte sie nichts einzuwenden, doch als er sich plötzlich unsichtbar machte, entkam ihr ein überraschter Laut. »Damian?«

»Ich bin hier.«

Sie spürte seinen heißen Körper auf dem ihren, doch es war seltsam, da sie nie wusste, wo er sie zunächst berührte.

»Entspanne dich und genieße.«

Er schien sich zu erheben, denn auf einmal fühlte sie ihn nicht mehr. Dafür keuchte sie sofort und zuckte zusammen, als ihre Brustspitze wie von Geisterhand nach oben gezogen wurde. *Er saugt an meinen Nippeln!*, dachte sie, wobei sie fasziniert beobachtete, wie die dunkle Knospe glänzte, wenn Damian sie in den Mund nahm oder daran leckte.

Eine feuchte Spur zog sich vom Busen über ihren Bauch nach unten, auf das Zentrum ihrer Weiblichkeit zu. Samanthas Beine wurden auseinandergedrückt und ihre Schamlippen öffneten sich wie von selbst. Es erregte sie, wenn er seine Zunge über ihr geschwollenes Fleisch gleiten ließ, wobei sie sich aufrichtete, um besser sehen zu können. Dadurch, dass er unsichtbar war, verlor sie auch ihre letzten Hemmungen.

»Damian, darf ich dich berühren?«

»Natürlich«, hauchte er in ihre Spalte und brachte sie dadurch noch mehr zum Pochen. Samantha beobachtete eine Weile, wie sich ihre glänzenden Falten bewegten, wenn er sie massierte, und sich ihr Eingang weitete, wenn er einen Finger in sie schob.

»Du schmeckst wunderbar!«, flüsterte er.

Sie konnte es nicht sehen, doch sie wusste, dass es seine

Zunge war, die ihr Tal durchpflügte und ihren Kitzler neckte. Sie durfte noch nicht kommen, denn er musste in ihr sein, wenn er seine Seele zurückhaben wollte.

Samantha tastete nach Damians Körper zwischen ihren Beinen, bis sie in sein Kopfhaar griff. Ihn an den Schultern zurückdrückend, untersuchte sie den unsichtbaren Schlossherren. Seine Wange schmiegte sich in ihre Handfläche, als sie über sein Gesicht fuhr. Samantha glitt an dem Bartschatten entlang über seinen Hals, bis sie die Muskelstränge seiner Brust unter ihren Fingern fühlte. Er war ein so attraktiver Mann. Attraktiv und gefährlich. Es erregte Samantha, diesen mächtigen Dämon mit ihren Berührungen zum Zittern zu bringen.

Sie drückte ihn zur Seite und beugte sich über ihn. Dann suchte sie mit der Zungenspitze nach der harten Perle, fand sie und saugte schließlich seinen Nippel in den Mund.

Damian keuchte. »Samantha ...« Seine Finger wühlten sich durch ihr langes Haar, aber sie wollte ihn noch mehr aus der Fassung bringen und so fuhr sie immer tiefer, so, wie er es zuvor bei ihr gemacht hatte, bis der Geruch seines Geschlechtes in ihre Nase strömte und all ihre Sinne vernebelte.

Vorsichtig strich sie mit den Händen an seinen Schenkeln aufwärts, ließ die Bälle in dem weichen Hautsack durch ihre Finger gleiten, bis sie sich zu harten Kugeln zusammenzogen. Dann vergrub sie ihre Nase in dem drahtigen Haar und tastete sich weiter zu dem dicken Schaft, der in ihrer Hand sanft pulsierte.

Die Erinnerung an sein männlichstes Körperteil hatte sich vor ihrer Flucht in ihrem Gehirn verewigt und so konnte sie es nicht nur fühlen, sondern sich auch ganz genau vorstellen. Er war wahnsinnig dick! Ihre Finger umspannten den gewaltigen Schaft nicht ganz. Mit der Zunge erspürte sie die

Verästelungen unter der dünnen Haut, bis sie den wulstigen Rand der Eichel erreichte. Sie leckte über die runde Spitze und schmeckte Damians Lust, die aus dem kleinen Schlitz perlte, in den sie ihre Zungenspitze versenkte.

»Du bringst mich um, Weib!«

»Ich dachte, das wäre unmöglich«, grinste Samantha und setzte sich auf Damians Schoß.

Damians Hände umfassten ihre Pobacken und hoben sie ein Stück hoch. Samantha spürte, wie er mit einer Hand zwischen ihre Schenkel griff, wahrscheinlich um seinen Penis festzuhalten und ihn in ihre Enge zu treiben. Schon spürte sie seine dicke Spitze an ihrem Eingang.

»Komm, öffne dich für mich.«

Fasziniert betrachtete Samantha ihre Schamlippen, die auseinandergedrückt wurden, als sein enormes Glied in sie fuhr.

»Du bist so groß!«, stöhnte sie.

Er überwand die erste Enge und schob sich unaufhaltsam in sie. Ihre Vagina wurde ordentlich gedehnt und alles um sie herum pochte und kribbelte, bis sie ihn endlich ganz aufgenommen hatte.

Er war durch und durch dämonisch. Samantha genoss das Gefühl des völligen Ausgefülltseins. Damians Hände ruhten an ihrer Brust, während sie sich beide für einen Moment nicht bewegten, damit Samantha sich an ihn gewöhnen konnte.

»Ich möchte dich ansehen.« Samantha legte ihre Hände auf Damians flachen Bauch, der sich schnell bewegte. Einen Wimpernschlag später war er sichtbar. Seine dunklen Augen glühten wie zwei Onyxe, die schön geschwungenen Lippen hatte er leicht geöffnet.

Langsam begann Samantha, auf ihm zu reiten. Damian drückte die Hände gegen ihre Hüften, um ihr den Rhythmus vorzugeben. Ihr Kitzler rieb sich an seinem Schamhaar und das Kribbeln drang tief in ihren Unterleib vor, wo Damians dickes Geschlecht einen Punkt massierte, der sie zur Explosion brachte.

Als Samanthas Körper auf ihm zuckte, stieß Damian hart in sie und kam ebenfalls. Er ließ sich von seinem Höhepunkt treiben, drang tief in Samanthas Bewusstsein ein, um es, wie schon so oft, nach seiner Seele zu durchforsten. Doch so sehr er auch suchte, er fand auch dieses Mal nichts. Schon schloss ihn die hübsche Frau auf seinem Schoß aus und er pumpte ein letztes Mal in sie hinein, bevor er sich erschöpft zurückfallen ließ.

»Hat es geklappt?«, fragte sie leise.

Er brummte ein Nein und blickte an ihr vorbei. »Wahrscheinlich liegt es daran, dass nur die wahre Liebe das bewirken kann.«

Samantha wunderte sich, dass ihre Mordgedanken wie weggeblasen waren.

Atemlos rollte sie sich von ihm herunter und legte sich an seine Seite. Niemals zuvor hatte sie so fantastischen Sex gehabt. Ob es daran lag, weil er ein Dämon war?

Draußen begann langsam ein neuer Tag. Erste Sonnenstrahlen tauchten den Raum in goldenes Licht, und eine Weile betrachtete Samantha Damians Profil: Die lange Nase und das leicht hervorstehende, kantige Kinn machten ihn sehr männlich. Er lag auf dem Rücken, die Hände hinter dem Kopf verschränkt, und starrte teilnahmslos die Decke an.

Samantha beugte sich, auf einen Ellbogen gestützt, zu ihm hinüber. »Was ist damals geschehen, Damian? Ich kann mich nicht in dich verlieben, wenn ich die Wahrheit nicht kenne. Liebe hat schließlich etwas mit Vertrauen zu tun.« Doch tief in ihrem Inneren spürte sie, dass ihm ein Teil von ihr bereits gehörte.

Seufzend begann er von der Countess zu erzählen, die er sehr geliebt hatte. »Das schönste Geschenk, das sie mir machte, war unser Sohn. Doch schon kurz nach der Geburt wurde er schwer krank und die Ärzte gaben ihm nur noch wenige Tage zu leben. Um mein Kind zu retten, habe ich damals schwarze Magie angewendet, der einzige Zauber, der sich über den Tod hinwegsetzen kann.« Damian atmete tief durch und fuhr fort: »Es ging schief und mein Sohn starb. Daraufhin belegte mich die Hexe Meredith mit einem Fluch, der mir meine Seele entriss. Meine Frau Cynthia wurde kurz danach schwer krank, doch auch sie konnte ich nicht mehr retten ...«

Damian schluckte und drehte den Kopf zur Seite. Samantha legte ihren Kopf auf seine Brust. Sie erkannte, wie sehr er seine Frau und sein Kind geliebt haben musste, dennoch wurde sie das Gefühl nicht los, dass er ihr etwas Bedeutsames verschwieg.

***

Samantha war gerade dabei, ein neues Gipsornament anzufertigen, als sie sich erschrocken umdrehte. Sie glaubte, etwas gehört zu haben. Auch wenn Damian und sie sich in den letzten Tagen unzählige Male geliebt hatten, so war sie doch vor ihm auf der Hut, weil sie fürchtete, dass er ihr etwas vorenthielt.

Gerade jetzt fühlte sie sich beobachtet, obwohl er ihr versprochen hatte, dass er sich ihr nicht mehr unsichtbar näherte.

»Damian! Ich weiß, dass du hier bist, also zeig dich!«, rief sie in den großen Raum, wobei ihre Stimme gespenstisch von den kahlen Wänden hallte.

Schwungvoll öffnete sich die Tür und Damian kam herein. »Alles in Ordnung?« Er sah besorgt aus. Zwischen seinen dunklen Augenbrauen waren zwei tiefe Furchen zu erkennen, doch das konnte ebenso gut nur gespielt sein. Sie musste sich vorsehen!

Sofort strömte wieder der balsamische Duft in ihre Nase, der Samantha ganz schwach machte. Bei Damians Anblick klopfte ihr Herz ungestüm. Sie durfte sich nicht zu sehr in ihn verlieben, schließlich wollte sie ihn vernichten! »Hast du mich beobachtet?«

»Nein.«

»Wo warst du?«

»In der Bibliothek.«

Sie registrierte, wie er dem alten Sessel einen schnellen Blick schenkte, und glaubte ein leises Kichern zu vernehmen. Wahrscheinlich wurde sie jetzt doch verrückt! Sie hörte schon seit Tagen eine Stimme.

Elegant wandte sich der Earl wieder an sie: »Möchtest du eine Pause machen? Wir könnten im Park spazieren gehen.«

Auf keinen Fall wollte sie jetzt mit ihm einen idyllischen Ausflug machen! Dieser Mann verwirrte sie auch so schon genug. Wenn sie bei ihm war, wollte sie in seinen starken Armen liegen und für immer mit ihm zusammenbleiben. Doch wenn sie alleine oder bei der Arbeit war, stiegen Rachegedanken in ihr auf, als wenn sie ihr jemand direkt ins Ohr flüsterte.

»Nein, ich ... werde noch ein bisschen arbeiten.«

»Mach das. Dann sehen wir uns heute Abend?«

Sie nickte.

Er verbeugte sich galant und zwinkerte ihr zu, ehe er den Raum verließ.

***

Als ihr am Nachmittag der Butler ein Tablett mit Tee und einem Stück Kuchen brachte, fragte sie ihn nach Damian.

»Seine Lordschaft ist nach Kendal gefahren«, erwiderte Smithers steif und schlurfte gebückt aus dem Zimmer. Er schien ebenso alt zu sein wie das Gemäuer.

Nachdem sie den Kuchen vertilgt hatte, schlich sie sich in die Bibliothek. Sie war noch niemals dort gewesen, umso neugieriger war sie. Samantha liebte Bücher über alles.

Nach links und rechts blickend, um sicherzugehen, dass niemand sie beobachtete, öffnete sie eine der großen Flügeltüren und schlüpfte durch den Spalt. Als sie die Tür leise schloss, fiel ihr auf, dass auch dort ein Symbol in Form eines Baumes in das Holz geritzt worden war. Es war dasselbe wie an Damians Schlafzimmertür.

Erleichtert registrierte sie, dass diese flüsternde Stimme in ihrem Kopf endlich verstummt war. Eine angenehme Ruhe breitete sich in ihr aus. Ob das an der Bibliothek lag? An allen vier Wänden stapelten sich Bücher in massiven Regalen bis unter die hohe Decke. Zwei große Fenster ließen genug Licht in den Raum, in dessen Mitte ein wuchtiger Schreibtisch und eine schwarze Ledercouch standen.

Samantha ging an überquellenden Schränken vorüber und bestaunte die zahlreichen alten Bücher. Damians unverkennbarer Duft war hier allgegenwärtig, doch nicht intensiv genug, um befürchten zu müssen, dass er in der Nähe war.

¤ ¤ ¤

Dass Samantha Damian gegenüber immer noch auf Abstand ging, spürte er mit jeder Faser seines Körpers. Aber das konnte er ihr nicht verdenken. Sie waren sich zwar in den letzten drei Wochen näher gekommen, trotzdem schien es noch nicht für Liebe zu reichen. Letztendlich blieb er, was er war: ein Dämon!

Trotzdem gab sie sich ihm Nacht für Nacht hin. Die Frauen zu seiner Zeit waren nicht so offen mit ihrer Sexualität umgegangen. Das war einer der wenigen Vorteile, die er der heutigen Zeit anerkannte.

Er grinste bei dem Gedanken, wie hemmungslos Samantha gestöhnt hatte, als er letzte Nacht in den runzligen, engen Eingang eingetaucht war. Sie hatte ihm gestanden, dass es das erste Mal für sie gewesen war, dass jemand dort eindrang. Auch für ihn war es eine neue Erfahrung. Sofort schwoll sein Glied an. Vielleicht sollte er schnell selbst für Erleichterung sorgen, denn bis heute Nacht hielt er es nicht mehr aus. In der Bibliothek konnte er gewiss sein, dass er absolut ungestört war. Seine Angestellten wussten, er duldete dort niemanden bis auf die Putzfrau, die er zähneknirschend einmal im Monat hereinließ.

Als er jedoch die Tür hinter sich schloss, merkte er sofort, dass er nicht allein war. Er sah Samantha ausgestreckt auf der schwarzen Ledercouch liegen. Sie hatte ein aufgeschlagenes Buch auf dem Bauch und schlief.

Leise ging er zum Sofa, wo er Samanthas Beine vorsichtig anhob, um sich ebenfalls draufzusetzen. Dann legte er ihre Unterschenkel auf seinem Schoß ab, ohne dass sie dabei erwachte. Die nächtlichen Liebesspiele schienen sie sehr anzustrengen.

Eine Zeit lang saß er einfach nur da und betrachtete sie. Dann zog er ihr vorsichtig die gipsbespritzten Turnschuhe aus. Für eine Frau besaß sie ziemlich große Füße, dennoch fand er sie einfach hinreißend. Zu gerne würde er jetzt ihre Strümpfe herunterziehen, um an den Zehen zu saugen, doch er konnte sich gerade noch beherrschen.

Bei diesen frivolen Gedanken wurde der Platz in seiner Hose immer begrenzter. Ein Nachteil, den die Mode dieses Jahrhunderts mit sich brachte. Auch heute trug er wieder seine verwaschene Lieblingsjeans und ein einfaches Hemd. Eigentlich kein Outfit, das eines Adligen würdig gewesen wäre, aber schließlich befand er sich in seinen eigenen vier Wänden und da konnte er angezogen sein, wie es ihm beliebte.

Neugierig geworden, was Samantha für ein Buch las, nahm er es von ihrem Bauch und klappte es zu. Es war ein kleiner Gedichtband von John Donne. »Hier lieg ich von der Lieb erschlagen«, flüsterte Damian, als er den Titel vorlas. Wie wahr!

Schmunzelnd legte er es auf die Seite und begann, Samanthas Füße zu massieren.

⌑ ⌑ ⌑

Samantha hatte einen merkwürdigen Traum. Meredith, die mit ihrem wallendem schwarzen Haar aussah, wie Schneewittchen aus Grimms Märchen, flüsterte: »Du bist beinahe so weit, Samantha. Du hast dich bereits in ihn verliebt. Lege ihm beim nächsten Mal den Armreif um. Der größte Teil seiner Seele ist darin eingesperrt, der andere Teil liegt in deinem Herzen.« Meredith hob den versilberten Brieföffner auf, den sie bedrohlich über ihren Kopf hielt, so, als wollte sie gleich damit zustechen. »Und wenn er wieder ein richtiger Mensch ist, kannst du ihn töten!«

Die Hexe lachte auf. Samantha wollte vor ihr weglaufen, doch jemand hielt ihre Beine fest.

Samantha schrie! Plötzlich verschwand Meredith und ein wohliges Kribbeln durchflutete ihren Körper. Ungewollt stöhnte sie.

»Das gefällt dir wohl!« Sie vernahm Damians vertraute Stimme, die sich durch den Nebel des Traumes einen Weg bahnte und merkte, wie er ihre Beine massierte. Sofort legte ihr Herzschlag an Tempo zu.

Er war hier, bei ihr, sie konnte ihn riechen und seine Wärme spüren. Müde hob Samantha die Lider und blickte direkt in sein Gesicht. Das liebevolle Lächeln brachte ihr ein wohliges Ziehen hinter dem Brustbein ein.

»Was machst du hier?«, fragte sie.

»Ich wohne hier, schon vergessen?« Erst jetzt bemerkte sie, dass sich etwas Hartes gegen ihren Unterschenkel drückte.

»Nein, ich meine, was machst du mit mir?« Sogleich standen ihre Wangen in Flammen. Sie wusste sehr wohl, was Damian beabsichtigte.

»Schlaf mit mir. Hier und jetzt!« Lüstern sah er sie an. »Ich brauche dich!«

Du brauchst mich nicht. Du willst nur deine Seele wiederhaben!, ging es ihr durch den Kopf. Sofort zog sie ihre Füße von seinem Schoß und stand auf. »Lass uns bitte bis heute Nacht warten, ich fühle mich gerade nicht danach.«

»Samantha ...« Seufzend ließ er den Kopf auf die Lehne zurückfallen. Sein entblößter Kehlkopf wirkte sehr erotisch und die Beule in seiner Hose war nicht zu übersehen. *Dieser Dämon ist einfach unglaublich sexy!*

Damians Hand wanderte zu seinem Schritt. »Dann lass mich jetzt bitte allein«, flüsterte er rau, als er begann, durch den Stoff an der Erektion zu reiben.

Dieser Anblick war zu viel für Samantha. Ihr ganzer Körper pulsierte und bebte; ihr Verstand setzte aus. Wie in Trance kniete sie sich zwischen seine geöffneten Schenkel und öffnete die Knöpfe der Jeans.

Wie gut er dort roch! Sie musste ihn schmecken.

»Steh auf!«, befahl sie ihm. Damian gehorchte grinsend und schon zog sie ihm die Hose bis zu den Knöcheln herunter. Dabei kam ihr sein steifer Schaft entgegen. Der dicke

Kopf glänzte purpurn; aus dem kleinen Spalt perlte ein dicker Tropfen.

»Was tust du?« Der Schlossherr blickte sie erregt an.

»Ich kann nicht mit ansehen, wie du dich quälst!«, sagte sie und schubste ihn an, sodass er wieder auf die Couch zurücksank. Dann ließ sie seinen Penis in ihrem Rachen verschwinden.

Damian keuchte laut auf, doch das nahm Samantha kaum wahr. Die Quelle des balsamischen Duftes war das gestutzte Schamhaar, denn zwischen seinen Beinen war der Geruch übermächtig. Sie spürte, wie die Feuchtigkeit aus ihr herauslief, nur weil sie die Erektion dieses mysteriösen Mannes mit dem Mund verwöhnte. Wie oft hatte sie in den letzten Tagen über die prallen Hoden und der empfindlichen Stelle darunter geleckt, doch sie konnte einfach nicht genug von seiner intimsten Stelle bekommen. Mit seinem Glied konnte er sie in nie gekannte Sphären tragen, wie es noch kein Mann zuvor bei ihr vermocht hatte.

Er ist ein Dämon!, versuchte sie sich immer wieder einzureden, um seiner Anziehungskraft zu entkommen. Er war stark und gefährlich, mysteriös und mächtig, und er nahm jeden Tag von ihrem Körper Besitz – doch dieses Wissen erregte sie nur noch mehr.

»Setzt dich auf mich!«, flüsterte er heiser. Der Blick seiner dunklen Augen ließ sie beinahe verbrennen.

Damian musste sie verzaubert haben, denn in seiner Gegenwart besaß sie keinen eigenen Willen mehr. Sie riss ihre Kleidung vom Körper und hockte sich mit gespreizten Beinen auf seinen Schoß. Damian ergriff den harten Schaft und trieb ihn in ihre Feuchte.

Samantha entwischte ein leiser Schrei. Sein enormer Umfang

presste ihre Schamlippen zur Seite und dehnte ihre Vagina. Ihren Kitzler rieb sie an seinem Schamhaar, während Damian ihre Pobacken umfasste und versuchte, einen Finger in ihr anderes Loch zu schieben.

»Du bist so verdorben, Dämon«, stöhnte sie, kaum fähig zu sprechen.

»Ja, ich weiß«, erwiderte er und drang mit der Fingerkuppe in sie ein.

»Damian!« Samantha keuchte laut auf. Ungestüm riss sie an seinem Hemd, bis sie die Hände an seiner nackten Brust hatte. Sie wollte ihn überall fühlen und presste ihre Lippen auf seinen Mund.

¤ ¤ ¤

»Oh, du …«, keuchte Damian in ihren Mund und schon spürte er, wie sein heißer Samen hervorschoss und sich tief in ihr ergoss.

Im selben Moment war auch Samantha so weit. Ihre Scheidenwände krampften sich um sein Geschlecht und Damian hatte das Gefühl, als würde sie ihn melken. Ihr ganzer Körper zitterte auf seinen Schenkeln und ihr Lustschrei hallte durch die gesamte Bibliothek.

Ich werde sie nicht wieder gehen lassen, dachte Damian, als Samantha erschöpft gegen seinen Hals sank. *Nie wieder!*

¤ ¤ ¤

»Heute wirst du es tun!«

Samantha erwachte ruckartig. Es war noch dunkle Nacht. »Damian?«

Die Stimme schwieg. Samantha tastete mit einer Hand nach Damians Bettseite. Sie war leer. Samantha erschrak.

»Er hat dich in dein Bett gebracht, weil ich ihm sagte, du würdest vor der echten Seelenfindung Ruhe brauchen.«

»Was?«

»Heute wirst du ihm seine Seele wiedergeben.«

»Wer ist da?« Samantha knipste die Nachttischlampe an.

»Du kannst mich nicht sehen.«

»Wer sind Sie?«, fragte Samantha mit zitternder Stimme.

»Das spielt keine Rolle. Wir beide haben das gleiche Ziel: wir wollen Damian seine Seele wiedergeben.«

»Meredith …«, hauchte Samantha ängstlich. Sie blickte in die Richtung von Damians Zimmer.

»Wehe, du rufst ihn! Ich brauche nur deine Aufmerksamkeit und werde dir nichts tun. Wenn du Damian helfen willst, sein menschliches Leben wiederzuerlangen, dann tust du, was ich sage, verstanden?!«

Samantha nickte, unfähig, zu sprechen.

»Gut. Als Erstes wirst du das Zeichen, den ›Baum ewigen Daseins‹, von seiner Tür abkratzen, Gips darüber verteilen und mit brauner Farbe übermalen. Du weißt am besten, wie man das macht. Wenn er dann zu dir kommt, legst du ihm das Armband um. Ein Teil seiner Seele befindet sich darin. Dann schläfst du mit ihm und er kann sich seine Seele holen. Aus dir und dem Armband. Wenn er seine Seele bekommen hat, tötest du ihn. Keiner hat gesagt, wie lange er seine Seele behalten kann.«

Samanthas Augen blickten durch den leeren Raum, in der Hoffnung, die Hexe zu sehen. Doch vergeblich.

»Hast du mich verstanden, Mädchen!«, zischte die Stimme.

»Ja.«

»Wenn du nicht tust, was ich sage, dann werde ich Damian seine Seele verweigern und dich umbringen. Kein schönes Ende für euch beide.«

»So aber auch nicht«, murmelte Samantha.

»Wie bitte?!«, fauchte es zurück.

»Damian wird sterben und ich muss ohne ihn weiterleben.«

»Liebst du ihn denn?«

Samantha wurde unsicher. Sollte sie der Hexe sagen, dass sie Damian liebte?

»Ich helfe dir auf die Sprünge, Mädchen. Du liebst ihn nur vorübergehend. Eine unechte Liebe. Sozusagen: Ein Mittel zum Zweck! Ich weiß, dass du ihn auch töten willst, weil er ein gefährlicher Dämon ist.«

»Aber wenn er seine Seele wiederbekommen hat, dann ist er ein Mensch und nicht mehr gefährlich.«

Die Stimme lachte hässlich. »Du glaubst, dass er sich sofort ändern wird?« Wieder lachte die Stimme. »Du täuschst dich. Nur weil die Hülle verschwindet, bleibt sein Kern. Er ist nach wie vor unberechenbar. Also tu, was ich dir sage!«

Bis jetzt hatte sich Damian ihr gegenüber immer sehr zuvorkommend verhalten. »Ich weiß nicht, ob ich dir glauben kann. Ich kann dich noch nicht einmal sehen«, sagte Samantha.

»Das lässt sich ändern.« Aus dem Nichts heraus erschien eine Frau Mitte zwanzig mit schwarzen Haaren. Dunst waberte wie Nebel um ihre Gestalt. Sie hatte ein hübsches Gesicht, aber stechende Augen und einen hämischen Zug um ihre Mundwinkel. »Zufrieden?!«, fuhr sie Samantha an.

Diese nickte überrascht, dass sie einer jungen Frauengestalt gegenüberstand und keiner alten, wie sie angenommen hatte. »Du bist also Meredith.«

»So ist es. Also, mach es, wie wir es besprochen ...«

»Ich möchte vorher noch etwas wissen!«

Mit zu Schlitzen verengten Augen blickte Meredith Samantha skeptisch an: »Was?«

»Warum bist du ein Geist und warum lebst du hier?«

»Das ist eine lange Geschichte!«

»Ich möchte sie hören«, beharrte Samantha.

»Also gut. Wie du willst. Auch wenn du es nicht glauben magst, aber ich habe Damian geliebt und tue es noch immer.« Prüfend blickte sie Samantha an.

Diese versuchte, tapfer die Information hinzunehmen. »Gut, und weiter.«

»Ich habe Damian gewarnt, keine schwarze Magie bei seinem kranken Sohn anzuwenden. Doch er hörte nicht auf mich und so starb der Kleine. Mir blieb mir nichts anderes übrig, als Damian zu verfluchen und, wie du ja weißt, nahm ich daraufhin seine Seele an mich. Nachdem Cynthia gestorben war, wollte ich ihn trösten und versprach ihm seine Seele, wenn er mich zur Frau nähme. Aber er jagte mich nur aus dem Haus!«

»Warum?«

»Wahrscheinlich hing er so an meiner Schwester.«

»Schwester?«, fragte Samantha.

»Oh, äh, ja. Cynthia war meine Schwester.«

»Aha. Warum hast du das nicht früher gesagt.«

»Ich hielt es für nicht weiter wichtig.« Meredith schwebte zu einem großen Sessel und ließ sich darin nieder, ehe sie fortfuhr: »Nach drei Jahren kam ich wieder zu ihm. Inzwischen hatte ich eine Tochter bekommen. Ich redete lange mit Damian, wollte, dass er mich nach seinen drei Trauerjahren endlich zur Frau nimmt. Doch er ging nicht darauf ein. Auch nicht, als ich ihm seine Seele bei der Hochzeit versprach. Er war so stur, wollte mich einfach nicht. So hatte ich nur noch einen Trumpf in der Tasche: meine Tochter. Ich tat so, als hätte ich einen wichtigen Termin in Kendal und ließ meine Tochter bei ihm, in der Hoffnung, Damian würde sich über meine Tochter in mich verlieben. Sie war ein süßes kleines Mädchen. Womit ich nicht gerechnet hatte, dass mein Pferd stürzte und mich mit sich in den Tod riss. Ich verfluchte Damian noch mal, doch durch den Doppelfluch starb ich nicht, sondern spürte, wie ich als milchiges Etwas über meinem toten Körper in der Luft schwebte.« Ihr Gesicht verzerrte sich, als sie murmelte: »Und ich weiß einfach nicht, wo der Ort ist, an dem sich mein Fluch aufhält. Jeder, der es weiß, könnte mich sofort vernichten!«

»Was meinst du damit?«

»Ach, es soll dich nicht kümmern. Wo war ich stehengeblieben? Richtig: Ich war ein Geist. So lernte ich mein neues Leben kennen und konnte nun endlich bei Damian sein. Bis heute lebe ich nun schon unter einem Dach mit ihm.« Meredith machte eine kleine Pause, ehe sie hervorstieß: »Damian ist böse! Deshalb sollten wir ihn vernichten. Sobald er seine Seele hat, wird er aggressiv werden, denn die Gefühle um seine gestorbenes Kind und seine Frau werden ihn überrollen. Auch wenn es nicht seine Absicht ist, Hass gegen jemanden zu empfinden, er wird es tun und du wirst in Lebensgefahr sein. Deshalb töte ihn, sobald er ein Mensch ist.«

Schwer atmend blickte Samantha die Hexe an. Stimmte das, was sie ihr erzählt hatte? Sollte Samantha Damian wirklich töten? Sie spürte, dass eine tiefe Traurigkeit, ja sogar Verzweiflung ihren Körper überfiel, als sie daran dachte, Damian nicht mehr sehen, streicheln und lieben zu können. Samantha erschrak. Sie hatte sich tatsächlich in Damian verliebt!

»Also, Samantha, jetzt, wo du die Wahrheit kennst, wirst du hoffentlich das Richtige tun. Auf jeden Fall muss es heute passieren, heute musst du Damian seine Seele wiedergeben.«

Damit löste sich die milchige Gestalt auf und Samantha blieb mit lautem Herzklopfen zurück.

***

»Was ist los mit dir?«, fragte Damian, als er in der Bibliothek an seinem Schreibtisch saß und aus diversen Unterlagen zu Samantha hinübersah. Sie hatte sich mit angezogenen Beinen in einen großen Sessel gekauert. Auf ihrem Schoß lag ein Buch.

»Warum fragst du?«, wollte Samantha wissen, mied aber seinen Blick.

»Weil du seit einiger Zeit nach draußen siehst anstatt in dein Buch«, antwortete er.

»Ach so, ja, ich versuche es zu verstehen.«

»Aber du hast dir ein Kinderbuch ausgesucht.«

»Ja ... äh ... ich weiß. Manchmal muss man auch darüber nachdenken«, sagte sie und kratzte sich an einer Braue.

»Samantha, du wirkst fahrig und nervös. Es wird wohl nicht an dem Buch liegen.«

»Wolltest du heute nicht noch nach Kendal fahren?«

Damian runzelte die Stirn. »Ich habe den Termin abgesagt, war unwichtig. Warum fragst du danach?«

»Ich wollte nur nicht, dass du ihn verpasst.«

Damian legte seinen Stift zur Seite. »Irgendetwas stimmt doch nicht. Was ist los?«

»Nichts.« Samantha hatte einfach keine Möglichkeit gefunden, den »Baum ewigen Daseins« von der Tür abzubekommen, weil Damian ihr den ganzen Tag auf den Fersen war. Wenn es nicht in seinem Zimmer klappte, dann vielleicht in ihrem Zimmer. »Ich bin etwas erschöpft vom Tag. Ich lege mich ein bisschen hin. Kannst du mich bitte später wecken?«

»Nichts tue ich lieber als das«, schmunzelte er.

Damit erhob Samantha sich, drückte Damian einen flüchtigen Kuss auf den Mundwinkel und verließ die Bibliothek.

¤ ¤ ¤

Sonderbar, was ist nur mit ihr los?, wunderte sich Damian und blickte ihr hinterher. Doch er verschwendete keine weitere Zeit an Samanthas Nervosität und Abwesenheit und vertiefte sich wieder in seine wichtigen Unterlagen.

***

Nach zwei Stunden, er war selber auf dem Sofa eingenickt, schlug die große Standuhr sechs Uhr abends. Damian raffte sich hoch und schritt die Treppen nach oben zu Samanthas Schlafgemach.

Leise klopfte er an. Niemand antwortete ihm. Dann klopfte er noch einmal und rief leise ihren Namen. Wieder antwortete Samantha nicht. So trat er einfach ein.

Sie lag auf dem Bett. Mit klopfendem Herzen schloss er die Tür und ging näher heran. Wieso war sie nicht erwacht? Vorsichtig stieg er die kleinen Stufen zum Bett nach oben und beugte sich über sie. Ihre Brust hob und senkte sich gleichmäßig. Erleichtert stellte er fest, dass sie noch schlief.

»Samantha«, flüsterte er und strich ihr ein paar widerspenstige Locken aus dem Gesicht.

In diesem Moment schossen ihre Hände nach vorne, griffen sich sein Handgelenk und legten ihm den Armreif um. Mit einem lauten Aufstöhnen sackte Damian in sich zusammen, fiel die Stufen hinunter und polterte auf den Boden. Er war so geschwächt, dass er kaum noch richtig sprechen konnte. »Samantha, was tust du mit mir?«, schnaufte er.

¤¤¤

Samantha schluckte hart und beugte sich mit rasendem Herzen über Damian. »Tut mir leid, es geht nicht anders«, flüsterte sie. »Heute ist der Tag, an dem ich dir deine Seele geben kann.«

»Aber doch nicht so ...«, murmelte er.

In diesem Augenblick wurde Meredith für Samantha sichtbar. Wieder war nur eine milchig-graue Gestalt zu erkennen. »Hallo, Damian.«

»Verschwinde, Hexe!«, presste Damian hervor.

Diese lachte und sagte: »Du liegst am Boden und hast mir gar nichts zu befehlen, Dämon!« Meredith wandte sich an Samantha. »Los, Mädchen, tu deine Pflicht!«

»Samantha«, japste Damian, »bitte nimm mir dieses Armband ab, ich kann mich kaum noch bewegen.«

»Das geht nicht. Es ist der Schlüssel zu deiner Seele. In ihm steckt ein Teil von dir.« Mit diesen Worten beugte sich Samantha zu ihm und öffnete seine Hose.

¤ ¤ ¤

Lächelnd ging Meredith um beide herum und betrachtete eingehend Damians Gestalt. Wie sollte er scharf werden, wenn die Hexe durch den Raum schlich? Doch Samantha hatte sich bereits zu seinem freigelegten Schwanz geneigt. Sie nahm ihn zwischen die Lippen, um herzhaft daran zu saugen. Immer mehr füllte er sich mit Blut und wuchs direkt in ihren heißen, saugenden Mund hinein.

Meredith kniete sich zu Damian und streichelte seine Brust. Ihre Berührung fühlte sich wie ein kalter Hauch an.

»Samantha!«, krächzte er hilflos. Er musste sie vor der Hexe warnen. Er hätte es schon viel früher tun sollen, denn er brachte jetzt kaum noch ein Wort heraus.

»Meredith war es, die ...«!«, flüsterte er, doch die Hexe presste gierig ihre Lippen auf seinen Mund. Sofort erstickten die restlichen Worte. Sie besaß außerordentlich viel Macht, das wurde Damian nun klar.

Immer noch bearbeitete Samantha sein hartes Glied mit dem Mund. Er spürte bereits, wie sich das angenehme Ziehen in seinem Unterleib verstärkte.

»Das reicht jetzt!«, zischte die Hexe. Sie konnte es wohl nicht ertragen, dass Samantha in der Lage war, ihn zu befriedigen, Meredith aber nicht. »Setz dich auf ihn, na los!«

Samantha zog sich mit zitternden Fingern die Kleider aus und ging über ihm, die Beine weit gespreizt, in die Hocke. Alleine ihr dabei zuzusehen, wie sich ihre Spalte für ihn öffnete, kostete Damian wahnsinnig viel Selbstbeherrschung. Als seine geschwollene Spitze ihren feuchten Eingang berührte, entkam ihm ein kehliges Stöhnen. Dennoch verfolgten seine Augen argwöhnisch die Hexe, die ungeduldig um sie beide herumschlich.

Plötzlich schloss Meredith die Augen, murmelte etwas und stürzte sich auf Samantha. Diese stöhnte auf und Damian sog scharf die Luft ein.

Er hörte, wie die Hexe aus Samanthas Körper lachte. »Oh, Damian, ich muss sagen, dass ich auf so etwas gar nicht zu hoffen gewagt habe! Eigentlich wollte ich deinen Tod. Doch nun bin ich froh, wie die Dinge ihren Lauf genommen haben. Endlich spüre ich dich in mir!«

»Verschwinde aus Samanthas Körper!« Er wollte ihr die Worte entgegenschreien, doch viel mehr als ein heiseres Krächzen brachte er nicht zustande. Das Armband lähmte ihn noch immer.

»Sie hat mich selbst hereingelassen, und nun werdet ihr mich beide nicht mehr so schnell los!« Lasziv ritt sie auf seiner Männlichkeit und streichelte Damians Brust.

Er schloss die Augen und ließ sich treiben, stellte sich vor, es wäre nur Samantha, mit der er gerade schlief. Samantha bearbeitete seinen Schwanz in einem harten Stil, der ihn sehr anmachte. Als er spürte, wie sich ihr Inneres um seine Erektion zog und sie ihn mit jedem Auf und Nieder melkte, kam er.

Er blickte Samantha in die Augen. Es war keine sexuelle Lust in ihnen zu lesen, sondern nur Erschöpfung. Damian zwang sich, mit dem weiterzumachen, weswegen sie sich liebten, und suchte, während er Samantha mit seiner Lust füllte, nach seiner Seele. Samantha stöhnte auf. Damian war nicht mehr richtig bei ihr, er war in ihr auf der Suche. Er konnte kaum glauben, dass er es erkannte, aber es war eindeutig seine Seele: Er sah sich in ihr. Sofort streckte er die Hände nach sich aus und griff zu. Wie eine hellblaue, zähflüssige Masse legte sich die Seele über seinen Körper und drang in ihn ein. Es fühlte sich an, als überschüttete ihn ein in Zeitlupe arbeitender Wasserguss und er atmete tief. Kühl durchflutete es seine Lungen. Er hörte, wie Meredith in weiter Ferne aufschrie. Es war ein sonderbares Geräusch. Und im gleichen Augenblick tauchte Damian an die Oberfläche seines Daseins.

»Samantha, ich habe sie gefunden! Meine Seele ist wieder in mir – ich lebe!« Es kam ihm so vor, als würde in ihm ein Rad zu drehen beginnen.

Schwer atmend und aus glasigen Augen blickte sie ihn an. »Sie ist schwach geworden ...«, flüsterte Samantha.

»Wer?«, fragte Damian.

»Meredith ...«

Hoffnung keimte in ihm auf. »Versuch sie zu vertreiben!«

»Ich kann das nicht, habe keine Kraft mehr. Du musst ...« Samantha war anscheinend kaum noch fähig, sich länger aufrecht zu halten. »Du musst ...«

»Samantha, was muss ich?!«, flüsterte er verzweifelt.

»Die Hexe wird mich mitnehmen ...«

»Nein, Samantha, das werde ich nicht zulassen! Versuch mir zu sagen, was ich tun soll!«

Samanthas Oberkörper sackte nach vorne auf seine Brust.

»*Samantha!!!*«, schrie er.

¤ ¤ ¤

Samantha hörte Damians Herzschlag. Sie spürte, wie die Luft in seine Lungen fuhr, sein Oberkörper sich hob und senkte. Sie versuchte, an sein Handgelenk zu kommen, doch er hatte sie in die Arme geschlossen und presste sie fest an sich, so, als wollte er sie nicht verlieren.

Mit einem Mal fühlte sie, wie sich ihre Hand seitwärts ausstreckte und nach etwas griff. Ein Brieföffner wurde von ihren Fingern umklammert, ohne dass sie ihn festhielt. Es tat jemand anderes für sie: Meredith!

Samantha wehrte sich dagegen und wollte ihre Hand öffnen, doch vergeblich. Die Hexe schien ihr alle Kraft zu rauben und geschickt einzusetzen. »Damian, Vorsicht!«, wisperte Samantha, doch es kam anscheinend nicht bei ihm an, denn Damian hielt sie weiterhin fest umschlungen und streichelte ihren Rücken. Mit aller Kraft versuchte Samantha sich gegen die Hexe in ihrem Inneren zu wehren, die Damian töten wollte.

Und dann sauste der Brieföffner auf einmal mit Schwung durch die Luft und wurde blitzschnell von Damians Hand abgefangen. Er stieß Samantha mit einem Fluch von sich und sie rollte zur Seite, krümmte sich, wegen der Gestalt, die ihre Kräfte raubte und versuchte, gegen Damian und sie zu kämpfen.

Samantha sah Damian auf sich zukommen. Er flüsterte: »Es tut mir leid, Samantha. Aber sie wird mich umbringen.« Damit legte er seine großen Hände um ihren Hals und drückte zu. Samantha konnte es nicht glauben. Er wollte sie tatsächlich töten! Sie versuchte, nach seinem Handgelenk zu greifen, doch die Hexe sperrte sich dagegen. »Er wird uns jetzt beide umbringen. Du bist in mir und wirst mitsterben, Meredith!«

Samantha spürte, wie sie ihre Hände wieder frei bewegen

konnte, doch Damian drückte immer stärker zu. Nach Luft ringend und mit einem beherzten Ruck riss Samantha den Armreif von Damians Handgelenk und versuchte, ihn von sich zu schleudern. Aber er fiel nur sanft auf den Boden. Damians Hände lösten sich von ihrem Hals und Samantha atmete tief Luft ein. Doch die Hexe schwächte sie. Von Sekunde zu Sekunde verlor Samantha die Gewalt über ihren Körper. *Oh Gott, das ist mein Ende*, dachte sie und schloss die Augen.

Mit einem Mal gab es einen gewaltigen Knall und Samantha sackte in sich zusammen. Gerade noch rechtzeitig wurde sie von Damian in die Arme gezogen, bevor sie auf den Boden schlug.

Samantha hörte den kräftigen Herzschlag Damians und öffnete die Augen. Heller Qualm lag in der Luft, es roch schweflig. »Was ist passicrt?«, fragte Samantha schwach.

Er knurrte: »Ich habe das Armband zerstört und Meredith vernichtet.«

Samantha wollte von ihm abrücken, doch er hielt sie eisern fest. »Lass mich los!«, sagte sie ängstlich.

»Nein!«

»Was hast du vor?«, fragte Samantha.

»Nichts. Ich vermute nur, dass *du* etwas vorhast.«

»Kein Wunder, nachdem du mich umbringen wolltest.«

»Irgendetwas stimmt doch nicht«, überlegte Damian.

Samantha studierte sein Gesicht und stellte fest, dass seine Augen nicht mehr so dunkel wirkten und eine angenehme Wärme von ihnen ausging. Samantha seufzte und lehnte sich instinktiv gegen ihn, da sie noch immer geschwächt war. »Meredith hat gesagt, dass du als Mensch gefährlich sein würdest. Aber ich habe ihr nicht geglaubt. Als du mich gewürgt hast, *habe* ich ihr geglaubt«, flüsterte Samantha.

»Ich wollte dich nicht umbringen«, sagte er sanft und streichelte ihre Haare. »Es lag mir so fern, wie ein Seelenloser bleiben zu wollen. Ich musste es nur glaubhaft für Meredith erscheinen lassen und hatte einfach keine Ahnung, dass ich das Armband zerstören musste. Meine Entscheidung lag daher nahe, ihr zu suggerieren, dass ich euch beide umbringen würde. Wie man sieht, hat es ja auch gewirkt. Sie hat dir freie Hand gegeben, in dem was du mir sagen wolltest, wie wir Meredith vernichten können.«

Samantha nickte schwach. »Das Armband. Darin lag der Doppelfluch.«

»Wie bitte? Doppelfluch?« Verwirrt blickte Damian sie an.

»Meredith erzählte mir, dass sie dich kurz vor ihrem Tode noch einmal verflucht hatte. Damit hatte sie einen Doppelfluch ausgesprochen und anscheinend lasten Doppelflüche auf demjenigen, der sie ausspricht. Deswegen war sie ein Geist. Nur gibt es einen Ort, wo der Fluch sich aufhält, den Meredith nicht kannte. Nun wissen wir es: das Armband!«

Damian schüttelte ungläubig den Kopf. »Nicht zu fassen! Dann weißt du mehr als ich.«

Samantha lehnte noch immer an ihm und schloss erschöpft die Augen. »Ich bin so müde, Damian«, flüsterte sie.

***

Als Samantha erwachte, fand sie sich in Damians Bett wieder. Er lag lang ausgestreckt neben ihr und atmete regelmäßig, seine Augen waren geschlossen. Minutenlang betrachtete sie seine nackte Gestalt, ehe sie sich zu ihm beugte und die Hände um seinen Hals legte. Sofort schoss er nach oben, packte ihre Handgelenke und presste sie neben ihrem Kopf aufs Kissen.

»Was ist in dich gefahren?«, rief Samantha erschrocken.

Damians Augen waren fast schwarz, als er gepresst antwortete: »Wolltest du dich etwa an mir rächen?«

Samantha lachte auf. »Nein, ich wollte nur mal wissen, wie sich das anfühlt. Und vor allem solltest *du* wissen, wie sich so etwas anfühlt.« Sie schob seine Hände zur Seite und demonstrierte es ihm noch einmal, indem sie ihre Finger leicht an seine Kehle drückte. Dabei lächelte sie ihn an und ließ dann wieder los, ihr Lächeln blieb.

Eine Weile blickte er ihr starr in die Augen, ehe seine Gesichtszüge weicher wurden. »Kann es sein, dass du dich in mich verliebt hast?«

»Wie kommst du denn darauf?« Ertappt klopfte ihr Herz.

»Weil eben nur die wahre Liebe meine Seele zurückgeben konnte«, flüsterte er.

Samantha spürte, wie sie rot wurde. »Es war nur eine vorübergehende Liebe. Sozusagen als Mittel zum Zweck.«

Er lachte herzlich und zog sie in seine Arme. »Du müsstest dich mal sehen ...«

»Warum?« Sofort wollte sie sich abwenden, damit er keine weiteren verräterischen Anzeichen für ihre Gefühle entdecken konnte, aber er zog sie zu sich zurück.

»So, wie du aussiehst, glaube ich dir kein Wort! Dein Gesicht ist tiefrosa, und seit wir über Liebe sprechen sind deine Nippel steinhart.« Demonstrativ fuhr er mit der Handfläche darüber. Samantha erschauderte, worauf er wissend lächelte.

Gespielt sauer schlug sie seine Hand zur Seite und er lachte noch mehr. Dann wurde sein Gesicht plötzlich ernst und er fragte: »Samantha, liebst du mich?«

Ihr Herz trommelte und sie blickte lächelnd verschämt zur Seite. Nachdem er ihr Gesicht mit einer Hand zurückgeholt hatte, flüsterte er: »Ich liebe dich auch.«

Daraufhin küsste er sie leidenschaftlich und schob seinen

schweren Körper auf ihren. Damians Schwanz presste sich hart gegen ihren Venushügel. Als er sich ganz leicht bewegte, öffnete Samantha die Beine und ließ ihn ein. Er schob sich mühelos zwischen ihre Schenkel, um dann in die heiße Spalte einzutauchen. Beide stöhnten tief, als Damian sich in ihr bewegte und immer schneller zustieß. Samantha keuchte auf und spürte, wie sich ihr Höhepunkt ankündigte, als Damian sich mit lautem Aufstöhnen in ihr vergoss und sie gleich mitnahm.

Ihren Kopf auf seinen Oberkörper gelegt, streichelte sie seine Brusthaare. Damian strich in Gedanken versunken über ihren Oberarm.

»Du hast dich also mit Meredith unterhalten ...«, sagte Damian in die Stille. »Dann weißt du ja, was passiert ist.«

»Ja. Nur eins ist mir noch nicht klar: Meredith war eine hübsche Frau. Warum hast du sie nicht heiraten wollen?«, fragte Samantha.

»Weil sie meinen Sohn und meine Frau umgebracht hat.«

»Wie bitte?« Samantha richtete sich im Bett auf. »Aber ich dachte, das war die schwarze Magie, und dass du ...«

» ... und dass ich die schwarze Magie nicht beherrscht hatte?«, beendete Damian ihren Satz verbittert. »Nein, meine Liebe, es war Meredith, sie hat beide vergiftet! Es sollte so aussehen, als wenn ich meinen Jungen und meine Frau umgebracht hätte, dabei wollte ich meinen Sohn retten. Der Fluch war längst über mich verhängt, noch bevor Cynthia starb.«

»Jetzt verstehe ich auch, warum du dich darauf nicht eingelassen hast.« Nickend ließ Samantha die neue Information sacken. »Woher wusstest du, dass deine Seele in mir steckte?«

»Meredith hatte es mir gesagt. Anscheinend war sie es leid, Jahr für Jahr und Jahrzehnt für Jahrzehnt auf eine weitere Möglichkeit, an mich heranzukommen, zu warten. Kaum wusste ich, dass du meine Seele in dir trägst, habe ich dich angeheuert, damit du hier arbeitest.«

»Das ist eine unglaubliche Geschichte«, sinnierte Samantha.

»Hätte ich sie nicht jahrelang miterlebt, könnte ich es selbst kaum glauben.«

Beide lachten und Samantha kuschelte sich wieder an ihn, während sie sagte: »Zum Glück ist jetzt alles vorbei.«

»Ja, zum Glück.« Er streichelte ihre Haare und drückte dann einen Kuss drauf.

»Jetzt können wir immer zusammen sein«, hauchte Samantha. Dann richtete sie sich plötzlich auf und blickte Damian forschend an.

»Was ist denn? Was guckst du so?«, wollte er wissen.

»Ich dachte, ich könnte einen Unterschied zwischen dem alten und neuen Damian sehen. Wie fühlt es sich denn an als Mensch?«

»Dämonisch gut!«

Beide lachten, fielen sich in die Arme und besiegelten ihre Liebe mit einem innigen Zungenkuss.

LESEPROBE:

TRINITY TAYLOR

»ICH WILL DICH GANZ«

UNGESTILLTE LUST

... »Meine Güte, Kelly, das hat ja eine Ewigkeit gedauert. Das Baseball-Spiel ist schon seit dreizehn Minuten wieder im Gange!«

»Tut mir leid, Andrew. Aber die Schlange vor den Toiletten war schier unendlich. Ich musste wirklich lange warten.« Und damit hatte sie nicht gelogen.

»Na schön. Dann komm jetzt, sonst brauchen wir überhaupt nicht mehr zu unseren Plätzen zu gehen.« Sauer nahm er sie bei der Hand und kämpfte sich durch die Menschen.

Kaum am Platz angekommen, war Andrew voll in seinem Element. Er feuerte seine Mannschaft lautstark an, schwenkte das Cap und rief Tipps und Spieltaktiken übers Feld. Kelly ließ sich auf ihren Klappstuhl plumpsen und sah dem hektischen Treiben zu. Dabei hätte sie liebend gerne etwas anderes getrieben. Als die andere Mannschaft mit Werfen und Laufen am Zuge war, ließ Andrew sich ebenfalls auf seinen Stuhl fallen und blickte mit ausdrucksloser Miene zu.

Kelly ergriff die Initiative und legte ihm unauffällig die Hand zwischen seine Beine und fing dort an zu massieren.

»Hey, was machst du denn da?«

Kelly verzog den Mund. »Noch lauter, Andrew. Ich glaube,

die Leute vom gegenüberliegenden Rang haben dich noch nicht gehört.«

»Dann erklär es mir bitte. Wir sind mitten in einem wichtigen Spiel.«

»Wir? Stehst *du* etwa auf dem Spielfeld?« Beleidigt lehnte sich Kelly zurück in ihren Sitz. »Du bist echt langweilig!«

Andrew seufzte und lehnte sich ebenfalls zurück, während er ihr einen Arm um die Schultern legte. »Tut mir leid, Schatz.«

So sahen sie dem Spiel weiter zu. Schweigend, beide genervt nebeneinander sitzend. Gerade, als es Kelly zu blöde wurde und sie aufstehen wollte, rutschte Andrews Hand unauffällig nach vorne und knetete eine Brust von ihr. Dankbar reckte sich die Brustwarze den Streicheleinheiten entgegen. Andrew schien auf den Geschmack zu kommen. Er nahm den Arm von ihr weg und glitt unter ihr Top. Dort konnte er intensiver fühlen, was seine geschickten Hände auslösten. Mit Daumen und Zeigefinger umschloss er eine Brustwarze und drehte sie leicht hin und her. Da er sich trotzdem aufs Spiel konzentrierte, vollführte er diese Bewegung immer wieder. Kelly musste sich zwingen, nicht laut zu stöhnen. Er machte sie damit schier wahnsinnig. In ihrem Unterleib fing es an zu brodeln. Als Andrew mit einem der Spieler fieberte, drückte er die Brustwarze fest zusammen.

Kelly keuchte. »Andrew, bitte, du weißt nicht, was du da in mir anrichtest.«

Erst jetzt blickte er seine Freundin an. Dann lächelte er breit. »Das ist gut so.« Mit diesen Worten kam seine Hand unter ihrem Top wieder zum Vorschein.

»Das habe ich nicht gemeint. Du sollst ja nicht aufhören, ich wollte nur… Andrew, oh mein Gott!«

Andrew hatte zwar seine Hand unter ihrem Top hervorgeholt, sie aber unter ihren Rock geschoben. Dort glitt er kundig vorwärts, streichelte ihre Innenschenkel und ließ sich viel Zeit damit. Kellys heiße Muschi pochte ungeduldig. Endlich wagte seine Hand sich weiter vorwärts und berührte den Rand des Höschens. Schneller als erwartet, schob sie sich darunter und fand die pochende Mitte. Andrews Finger pressten sich auf die Klitoris und führten kreisende Bewegungen aus. Kelly spürte, wie sie schlagartig feucht wurde. Nun doch unsicher geworden, blickte sie langsam erst zur rechten, dann zur linken Seite, ob jemand ihrer beider Werk beobachtete. Doch das Spiel schien alle Zuschauer in ihren Bann zu ziehen.

Erleichtert ließ Kelly sich mehr auf Andrews Finger ein, die zwischen ihre Schamlippen tauchten und dort auf der Suche nach ihrer feuchten Spalte waren. Kelly öffnete für ihn ihre Beine noch ein Stückchen mehr, soweit es ihr Rock zuließ. Dankbar glitten zwei der Finger in ihr kleines Loch und stießen unermüdlich, genau wissend, welchen Punkt sie bei jeder der Bewegungen berühren mussten, in sie. Kelly biss sich auf die Wangeninnenseiten und atmete schwer. Sie war froh, dass es nun immer lauter im Stadion wurde und die Jungs auf dem Spielfeld sehr zu kämpfen hatten. Außerdem hatte die Sonne sich fast hinter dem Stadion-dach verkrochen, es wurde also dunkler.

Kelly drängte sich der Hand in ihrem Schoß entgegen und hätte sich am liebsten noch mehr geöffnet. Doch die Enge des Rockes ließ es nicht zu. Das einzige, was sie tun konnte, war, etwas nach vorne zu rutschen und den Kopf an den Stuhl zu lehnen.

Gut, dass niemand direkt neben ihr saß. Doch, oh Schreck, ein Mann, der schräg hinter ihr gesessen hatte, stieg mühelos über die Sitzreihe nach vorne und platzierte sich direkt neben ihr. Er war ihr nun so nahe, dass niemand seine Hand in den hinteren Reihen und neben ihnen bemerken konnte, wie sie sich unter ihr Top schob. Prüfend blickte der Fremde Kelly an, dann zu Andrew. Wie zwei Stiere hatten sie sich in Augenschein genommen. Schließlich legte der Mann einen Arm um Kelly und kreiste auf ihren Brüsten weiter. Als er Andrew angrinste, lächelte dieser zurück.

Kelly war geschockt. Die beiden Männer hatten über ihren Kopf hinweg entschieden, dass sie zur Verfügung stand, auch für Fremde. Gerade wollte sie protestieren, da tauchte Andrew seine Finger wieder rhythmisch in ihre heiße Spalte, massierte mit dem Daumen die Klitoris, während der Fremde beide Brustwarzen zwischen seine Finger genommen hatte und zwirbelte. Diese Doppelanstachelung war zu viel für Kelly. Sie wand sich auf ihrem Sitz, versuchte, einem der kundigen Finger zu entkommen. Aber sie hatte keine Chance. Die Lust in ihrem Köper wurde immer stärker und durchströmte nun jede Faser ihrer Nervenzellen. Sie ließ den Kopf zurücksinken und gab sich ganz den in ihr entfachten Gefühlen der beiden Männer hin.

Immer wieder zwirbelte, drückte und presste der Fremde ihre Nippel, die hart und rot hervorstachen. Andrew gönnte ihr ebenfalls keine Pause und während er permanent in ihre Vagina tauchte, kreiste er mit dem Daumen auf ihrer Klitoris, mal sanft, mal stärker.

Es dauerte nicht lange, da durchströmte sie die Welle des Orgasmus. Noch nie hatte sie eine so intensive Empfindung gehabt, wie in diesem Augenblick. Mit geschlossenen Augen hechelte sie ihre Lust hinaus, vollführte zuckende Bewegungen mit ihrem Schoß und drückte ihren Oberkörper den quälenden

Angriffen des Fremden entgegen. Sie biss die Zähne aufeinander, um nicht laut zu schreien und genoss den Ausklang.

***

»Das ist ja Wahnsinn! Und das hat Andrew zugelassen?!« Kellys Freundin Ruby war ganz außer sich und umklammerte den Telefonhörer fester.

»Ja, das war schon cool!«

»Cool? Wenn mein Mann so etwas wenigstens einmal in seinem Leben zulassen würde, wäre ich ihm schon mehr als dankbar. Aber der ist so prüde… Er fasst mir nicht mal im Kino auf den Oberschenkel, geschweige denn dazwischen! Und wenn wir es zu Hause im Bett machen, haben wir nie Licht an – es ist immer dunkel. Punktum!«

»Es ist immer Licht aus? Und wie macht ihr es im Sommer?«

»Schätzchen, das ist die falsche Frage: nicht wie, sondern wann! Vor halb zwölf nachts gibt es bei uns im Sommer keinen Sex – und wehe, der Mond scheint!«

Beide mussten darüber lachen. Ruby hörte als erste auf und seufzte. »Also, von daher hast du großes Glück, Kelly.«

»Das stimmt schon. Aber sag doch mal, was hältst du denn von der Situation, dass ich John wiedergetroffen habe? Und, dass er mit mir tanzen möchte?«

»Gar nichts.«

»Wie bitte?«

»Gar nichts.«

»Das kann nicht dein Ernst sein!«

»Doch Kelly. Hör auf mit diesem John! Er hat dich früher auch schon nicht anziehend gefunden.«

»Oh, vielen Dank!«

»Sei nicht beleidigt. Es ist die Wahrheit. Man kann nicht

immer jedermanns Typ sein. Du bist eben nicht Johns Typ.«

»Vielleicht ist er nur schüchtern. Vielleicht hatte er bisher keine Freundin und vielleicht bin ich diejenige, die ihn aus seiner Jungfräulichkeit erweckt.«

»Und vielleicht hat er eine Freundin und ist vielleicht ein anständiger junger Mann.«

»Willst *du* ihn etwa haben?«

Ruby lachte laut auf. »Ach, Quatsch! Was sollte ich mit einem anderen Mann?! Ich habe doch einen. Es geht mir ganz alleine um dich.«

»So?«

»Ja, wirklich. Es hat keinen Sinn, dass du dich an einen Typen heranschmeißt, jetzt, wo dein Freund um deine Hand angehalten hat. Was willst du mit John?«

»Ich weiß nicht. Er ist süß.«

»Reicht das?«

»Und schüchtern.«

»Kelly, du machst einen Fehler, wenn du mit ihm tanzt und auch noch versuchst, ihm an die Wäsche zu gehen.«

»Ich will ihm ja nicht gleich an die Wäsche gehen. Ich möchte nur wissen, ob er mich attraktiv findet. Ob er es mit mir treiben würde.«

»Und wozu? Du hast einen Mann, der sehr offen ist. Verscherze dir doch nicht diese Chance.«

»Ach Ruby, du verstehst das nicht. Ich habe nicht vor, untreu zu werden, ich will John doch nur ein bisschen locken. Ich will verstehen, warum er mir gegenüber so zurückhaltend war und ist.«

»Du machst einen Fehler und ich kann dir nur sagen: An John kommst du nicht ran.«

Kelly lachte laut ins Telefon.

»Was ist daran so komisch?«, wollte Ruby wissen.

»Das hast du früher schon gesagt.«

»Na bitte. Anscheinend hatte ich schon früher Recht. Aber bitte, mach, was du willst – ich habe dich auf jeden Fall gewarnt.«

»Du wirst doch Andrew nichts erzählen, oder?«

»Nein, wenn du willst, dann bin ich still.«

»Danke.«

»Aber treib es nicht zu weit.«

Kelly lächelte. »Keine Sorge.«

***

»Du willst was?« Andrew blickte Kelly irritiert an und ließ die Zeitung sinken. »Du willst einen Tanzkurs machen?«

»Ja, was ist so schlimm daran?« Kelly hockte sich vor ihn auf den Teppich und kreuzte die Beine.

»Also Schatz, dazu habe ich nun wirklich keine Lust! Davon abgesehen, habe ich auch gar keine Zeit dafür. Wann sollte ich das noch hinbekommen? Vor acht Uhr abends bin ich nicht zu Hause.«

»Ich weiß. Und darum habe ich mir schon einen Tanzpartner gesucht.« ...

Weitere erotische Geschichten:

Trinity Taylor
Ich will dich noch mehr

Trinity Taylors erotische Geschichten berühren erneut alle Sinne:

Während einer TV-Produktion im Fahrstuhl,
mit dem Ex auf der Massageliege,
mit Gangstern undercover im Lagerhaus
oder im Pferdestall mit dem »Stallburschen«...

Spannend und lustvoll knistern die neuen Storys voller Erotik und Leidenschaft. Sie fesseln den Leser von der ersten bis zur letzten Minute!

Trinity Taylor
Ich will dich ganz

Trinity Taylor entführt den Leser in Geschichten voller lasterhafter Fantasien & ungezügelter Erotik:

Im Theater eines Kreuzfahrtschiffes,
auf einer einsamen Insel mit einem Piraten,
mit der Freundin in der Schwimmbad-Dusche
oder mit zwei Männern im Baseballstadion...

Trinity überschreitet so manches Tabu und schreibt über ihre intimsten Gedanken.

Trinity Taylor
Ich will dich ganz & gar

Lassen Sie sich von der Wollust mitreißen und fühlen Sie das Verlangen der neuen erotischen Geschichten:

Gefesselt auf dem Rücksitz,
auf der Party im Hinterzimmer,
»ferngesteuert« vom neuen Kollegen
oder in der Kunstausstellung ...

»Scharfe Literatur! - Bei Trinity Taylor geht es immer sofort zur Sache, und das in den unterschiedlichsten Situationen und Varianten.« Berliner Zeitung BZ